Hans Joachim Schädlich

«Sire, ich eile ...»

Voltaire bei Friedrich II.

Eine Novelle

Rowohlt

4. Auflage Februar 2012

Satz aus der Haarlemmer PostScript bei
hanseatenSatz-bremen, Bremen
Druck und Bindung CPI – Clausen & Bosse, Leck
Printed in Germany
ISBN 978 3 498 06416 7

rowohlt

Krista Maria Schädlich gewidmet

Erster Teil

1.

Voltaire blickte aus dem Fenster. Er sah das Portal der Pfarrkirche Saint-Gervais.

Das alte Haus in der Rue de Longpont bebte vom Glockengeläut der Kirche, aber Voltaire gab vor, das mache ihm nichts aus. Der *style classique* der Kirchenfassade gefiel ihm. Zudem: Der Organist war ein Mitglied der Familie Couperin.

Voltaire hatte in der schmalen Straße noch etwas anderes im Blick. Das Haus des Sieur Dumoulin, der einen Handel mit Stroh betrieb. Dumoulin war auf die Idee gekommen, aus Stroh Papier zu machen. Wie aber die Produktion finanzieren? Voltaire übernahm es.

Dumoulin produzierte Packpapier, der Handel florierte, Voltaire avancierte zum Papierfabrikanten.

Es genügte nicht, daß *Zaire* im August 1732 an der Comédie Française triumphal aufgenommen worden war. Es mußte Geld verdient werden.

Ein heller Sommerabend.

Voltaire sah eine Kutsche die enge Straße heraufkommen. Sie hielt vor dem Haus.

Es stiegen aus der Comte de Forcalquier und seine Geliebte, die Herzogin von Saint-Pierre. Und – aber diese Frau erkannte Voltaire nicht.

Obwohl er nichts im Hause hatte, rief er hinunter, er lade die drei ein, bei ihm zu Abend zu essen.

Forcalquier antwortete, Voltaire möge mit ihnen zum Essen aufs Land fahren.

Voltaire setzte sich in der Kutsche neben die Unbekannte. Forcalquier stellte sie vor: die Marquise du Châtelet.

Voltaire wußte auf der Stelle, daß er die junge Frau längst kannte: Gabrielle-Émilie Le Tonnelier de Breteuil. Er hatte sie im Hause ihres Vaters, des Comte de Breteuil, kennengelernt. 1725 war sie mit dem Marquis du Châtelet-Lomont verheiratet worden.

Die vier fuhren nach Charonne und kehrten in einem Landgasthof ein. Auch im Gasthaus saß Voltaire neben Madame du Châtelet. Seit diesem Abend konnten die beiden nicht mehr voneinander lassen.

Es war Liebe.

François und Émilie.

2.

Émilies Ehemann, der Marquis du Châtelet-Lomont, Comte de Lomont und Seigneur de Cirey, war schon mit dreißig Generalmajor. Später, 1744, Generalleutnant; höher konnte er nicht steigen.

Er war der Besitzer ererbter Güter und eines Palastes in Paris, des Hôtel du Châtelet. Ein schwergewichtiger Mann, der Émilie um Haupteslänge überragte. Seine Lieblingsbeschäftigung war die Jagd. Er liebte auserlesene Speisen und Weine.

Der Marquis redete gerne vom Krieg, Émilie von Philosophie.

Im September 1725 wurde Émilie zum ersten Mal schwanger. Im Juni 1726 gebar sie ihre Tochter Françoise-Gabrielle Pauline, die sogleich in die Hände einer Kinderfrau kam.

Émilie sah ihre Tochter jeden Tag, aber immer nur kurz.

Bald nach der Geburt Françoise-Gabrielle Paulines wurde Émilie wieder gesellig. Ihr Ehemann war zu seinen Truppen zurückgekehrt.

Es dauerte nicht lange, bis Émilie erfuhr, daß ihr Ehemann sich eine junge Geliebte zugelegt hatte, eine Schönheit aus dem Elsaß. Er gab zu verstehen, daß Émilie das Recht habe, sich einen Liebhaber zu nehmen.

Sie entschied sich für den Marquis Robert de Guébriant, einen Neffen des Maréchal de Maillebois. Zwar sah der gut aus, aber er war eitel, wenig gebildet, langweilig.

Émilie entließ ihn bald und wählte den Comte Pierre de Vincennes, der kleiner war als sie und dick. Aber er galt als Kenner der Metaphysik, und das zog sie an.

Zu Anfang des Jahres 1727 nahm auch die Geschichte mit Vincennes ein Ende.

Émilies Ehemann kam von seinen Truppen in die Stadt zurück, schwängerte Émilie zum zweiten Mal, und heraus kam im November 1727 Louis-Marie Florent.

Im Hôtel du Châtelet stellte sich zuweilen der Herzog von Richelieu zum Diner ein, Louis François Armand du Plessis. Er war der Großneffe des Kardinals Richelieu, des Ersten Ministers unter König Ludwig XIII. Richelieus Frau war im Sommer 1729 gestorben.

Ein Jahr lang trauerte er um die Herzogin und hielt sich vom Versailler Hof fern. Aber er ging zu Diners bei Freunden.

Zu seinen Freunden gehörten die Châtelets.

Émilie kannte ihn schon lange; ihre Mutter war eine Verwandte der Herzogin von Richelieu. Richelieu schätzte nicht nur Émilies Schönheit, er war eingenommen von ihrer Intelligenz.

Im November 1728 war Voltaire von England nach Frankreich zurückgekehrt, zuerst nach Saint-Germain-en-Laye und im April 1729 nach Paris.

Seit seiner Schulzeit im Lycée Louis-le-Grand war Voltaire mit dem Herzog von Richelieu befreundet. Sie besuchten einander, und Richelieu erzählte Voltaire von den Gesprächen mit Émilie.

Voltaire interessierte sich kaum für Émilie; er glaubte noch nicht an die Existenz intellektueller Frauen.

Im Herbst 1730 wurde Émilie die Geliebte Richelieus. Seine literarischen und philosophischen Interessen begegneten ihrer Belesenheit auf philosophischem und metaphysischem Feld. Sie beschäftigte sich mit Mathematik und Physik. Und sie übte sich in der Übersetzung lateinischer Verse.

Nach ihrer Trennung blieben Richelieu und Émilie Freunde bis zu Émilies Tod.

3.

Im Sommer 1733, als Voltaire und Émilie zueinander fanden, war Voltaire neununddreißig Jahre alt, Émilie sechsundzwanzig.

Voltaire war verliebt wie ein Schuljunge.

Émilie schrieb an den Herzog von Richelieu, für sie sei Voltaire der Inbegriff des idealen Mannes.

Beiden machte es das größte Vergnügen, Konventionen zu mißachten und Paris zu schockieren.

Sie gingen in die Oper, obwohl es für einen Mann von Stand tabu war, sich mit seiner Mätresse in der Oper zu zeigen.

Sie fuhren nach Versailles und betraten den Audienzsaal, obwohl es sich für einen Mann und seine Mätresse von selbst verstand, nicht gemeinsam vor den König zu treten.

Voltaire schlief bei Émilie im Hôtel du Châtelet, oder Émilie schlief bei Voltaire in der Rue de Longpont.

Hätte der Marquis du Châtelet nicht eingreifen müssen?

Bei der Hochzeit des Herzogs von Richelieu mit der Herzogin Sophie von Guise im lothringischen Montjeu lernten Émilies Ehemann und Voltaire einander kennen.

Der Marquis war mit seiner Mätresse, Mademoiselle d'Anjou, nach Montjeu gekommen. Er fand Voltaire sympathisch, und Voltaire fand den Marquis sympathisch.

Émilie hatte nichts einzuwenden gegen die Mätresse ihres Mannes; er tolerierte Émilies Liebhaber.

1733 hatte Voltaire *Le temple du goût* veröffentlicht. Die Schrift trug ihm die Feindschaft vieler Schriftsteller und Künstler ein, die er einer schonungslosen Kritik unterworfen hatte.

An eine Wahl in die Akademie war nicht mehr zu denken.

Nicht genug damit.

1734 veröffentlichte er ohne offizielle Druckerlaubnis die *Lettres philosophiques sur les Anglais.* Am Schluß des sechsten Briefes hatte er geschrieben:

«Wenn es in England nur einen Glauben gäbe, müßte man Despotismus fürchten; gäbe es zwei, schnitten sie sich die Hälse ab; aber es gibt

> dreißig davon, und sie leben glücklich und in Frieden.»

Und im zehnten Brief:

> «In Frankreich ist Marquis, wer will; und wer immer aus einer Provinz in Paris ankommt mit Geld, das er ausgeben kann, und einem Namen auf *-ac* oder *-ille*, kann sagen: ‹Ein Mann wie ich, ein Mann meines Standes›, und in Ruhe einen Kaufmann verachten … Ich aber weiß nicht, was einem Staat nützlicher ist, ein wohlgepuderter Herr, der genau weiß, zu welcher Stunde der König sich erhebt, zu welcher er zu Bett geht, und der sich etwas von Größe gibt, wenn er im Vorzimmer eines Ministers die Rolle eines Sklaven spielt, oder ein Kaufmann, der sein Land bereichert … und zum Guten der Welt beiträgt.»

Das Freiheitsverlangen und der Fortschrittsglaube Voltaires – der Kirche und den Staatsautoritäten war es zuviel.

Noch in Montjeu erreichte Voltaire eine Nachricht aus Paris: Die *Lettres philosophiques* waren gemäß einem Urteil des Parlaments verboten und zur Verbrennung durch Henkershand verurteilt worden.

Falls er in Paris erscheine, werde er verhaftet und in die Bastille geworfen. Voltaire wollte auf die Gefängnishaft verzichten. Er hatte die Bastille 1717 und 1726 kennengelernt.

4.

Im Dezember 1725 war François-Marie Arouet, der sich 1719 Voltaire genannt hatte, in der Comédie Française, in der Garderobe der Schauspielerin Adrienne Lecouvreur, auf den Chevalier Guy Auguste de Rohan getroffen.

Der Chevalier verachtete Voltaire wegen dessen bürgerlicher Herkunft.

Er sagte:

«Arouet? Voltaire? Oder wie heißen Sie doch gleich?»

Voltaire sagte:

«Ich bin nicht wie jene, die den Namen entehren, den sie erhalten haben. Ich werde den Namen, den ich mir gegeben habe, unsterblich machen.»

Rohan fühlte sich beleidigt und hob seinen Stock.

Voltaire zog seinen Degen.

Adrienne Lecouvreur täuschte angesichts des drohenden Streits eine Ohnmacht vor, und die beiden ließen voneinander ab.

Einige Tage darauf speiste Voltaire bei dem Herzog von Sully, Maximilien Henri de Bethune, mit dem er befreundet war.

Während der Mahlzeit wurde Voltaire ein Zettel gereicht. Draußen warte ein Bote auf ihn mit einer wichtigen Nachricht.

Vor der Tür in der Rue Saint-Antoine standen zwei Kutschen. Jemand aus der ersten Kutsche rief:

«Kommen Sie!»

Voltaire trat an die Kutsche heran. Es sprangen drei Vermummte heraus und schlugen mit Stöcken auf Voltaire ein.

Aus der zweiten Kutsche hörte Voltaire die Stimme Rohans:

«Bravo! Arouet hat ein dickes Fell. Er kann einiges vertragen.»

Voltaire stürzte zurück ins Haus. Der Herzog von Sully, den er um Hilfe bat, blieb gleichgültig. Rohan gehörte einer mächtigen Adelsfamilie an, mit der sich niemand anlegen mochte, Voltaire war nur ein Schriftsteller bürgerlichen Standes.

Voltaire, haßerfüllt, wollte sich rächen. Er trainierte bei einem Maître d'Armes seine Fertigkeit mit dem Degen. Er forderte Rohan zum Duell. Der erklärte sich bereit, aber ersuchte seine Familie, ihn vor Voltaire zu schützen. Die Familie nutzte ihre Verbindungen. Der Premierminister, Herzog von Bourbon, ließ Voltaire verhaften und in die Bastille sperren.

5.

Voltaire beschloß, nach der Hochzeit des Herzogs von Richelieu nicht nach Paris zurückzukehren.

Émilie fuhr mit Sophie de Guise, jetzt Herzogin von Richelieu, von Montjeu nach Paris.

Voltaire aber ging im Oktober 1734 nach Cirey-sur-Blaise und zog in das Schloß, das von alters her der Familie du Châtelet gehörte.

Außer Émilie und wenigen vertrauten Freunden wußte niemand von Voltaires Versteck.

Das Schloß lag für Voltaire günstig: nahe der Grenze zu Lothringen, das als selbständiger Staat galt, und nahe einer guten Straße nach Holland. Voltaire hätte Frankreich schnell den Rücken kehren können.

Allerdings war das Schloß heruntergekommen und leer. Voltaire ließ das Gebäude von vielen Handwerkern herrichten und besorgte über Mittelsleute Möbel etc.

Zu Weihnachten 1734 kam endlich Émilie nach Cirey.

Wahrscheinlich war Kardinal André-Hercule de Fleury, Leitender Minister Ludwigs XV., der die Regierungsgeschäfte versah und Voltaire zu verfolgen hatte, inzwischen zu dem Schluß gelangt, daß es besser wäre, den berühmten Voltaire nicht allzu eifrig suchen zu lassen.

Einen Voltaire zu verhaften, das hätte den Kardinal schließlich zum Gespött gemacht.

Émilie konnte ohne Gefahr für Voltaire auf die Reise nach Cirey gehen. Sie reiste in einem Konvoi von fünf Wagen, und sie hatte angeordnet, einige Tage später zusätzliche Wagen zu schicken. Mit Büchern, Kleidern, Kammerfrauen, Dienern, ihren Kindern und einem Koch kam sie in Cirey an.

Émilies Ehemann hatte nichts einzuwenden gegen Bauarbeiten in seinem Schloß und gegen die neue Einrichtung. Er mußte sie nicht bezahlen, und er konnte in dem Schloß wohnen und seiner Lieblingsbeschäftigung nachgehen – der Jagd in den Wäldern, die das Schloß umgaben und ebenso ihm gehörten.

Émilie führte sogleich Regie bei den weiteren Bauarbeiten und bei der endgültigen Einrichtung; sie sparte nicht mit Voltaires Geld. Möbel, Teppiche, Tapeten, Gardinen, Vorhänge, Geschirr, Wäsche, sogar Bilder ließ sie aus Paris kommen.

Sie vergaß darüber nicht ihre Arbeitsvorhaben und bestellte Bücher – auch für Voltaire – aus England, Holland, aus der Schweiz und natürlich aus Paris. Schon 1734 standen im Schloß von Cirey wenigstens 20 000 Bücher.

Émilies Eifer nahm Voltaire fast den Atem. Er überließ ihr die Arbeiten am Schloß und kehrte zu seiner Arbeit am Schreibtisch zurück.

1732 hatte er mit *Siècle de Louis XIV* begonnen; auch 1733 hatte er daran gearbeitet. Diese Arbeit nahm er in Cirey wieder auf. Und er begann mit *La Pucelle d'Orléans*. Beide Arbeiten banden ihn auch 1735.

Nach dem Ende der Bau- und Renovierungsarbeiten wandte sich auch Émilie wieder ihren liebsten Beschäftigungen zu.

Der große Voltaire und seine schöne gelehrte Geliebte Émilie fühlten sich in Cirey glücklich, als Liebende, als geistige Arbeiter, als Freunde.

6.

Émilie, Tochter von Louis-Nicolas Le Tonnelier, Comte de Breteuil und Preuilly, und seiner Frau Gabrielle-Anne de Froulay, hatte von Kindheit an eine gründliche Ausbildung in Mathematik, Physik, Philosophie und Sprachen genossen. Gesang und Tanz, Reiten und Fechten gehörten zu ihren Fächern.

Der Marquis du Châtelet, den Émilie heiratete, als sie achtzehn war, beförderte ihre Studien und brachte sie in seinem Pariser Haus mit angesehenen Gelehrten zusammen.

Sie ließ sich von Pierre-Louis Moreau de Maupertuis, dem späteren Präsidenten der Königlich-Preußischen Akademie der Wissenschaften, in Mathematik, speziell in Algebra, und von Alexis-Claude Clairault in Physik unterrichten.

Sie las die Schriften von Leibniz und Newton.

Sie unternahm physikalische Experimente.

Im neu erbauten Flügel des Schlosses in Cirey richteten sie und Voltaire eigens ein physikalisches Laboratorium ein.

Sie übersetzte aus dem Lateinischen und Englischen.

Sie stand im Briefwechsel mit Samuel König, Johann Bernoulli, Francesco Algarotti.

Sie korrespondierte mit Friedrich in Preußen.

1735 begann sie, Mandevilles *The fable of the bees* zu übersetzen.

In ihrem Kommentar schrieb sie:

> «Wenn ich König wäre, ich würde einen Mißbrauch abschaffen, der die Hälfte der Menschheit zurücksetzt. Ich würde Frauen an allen Menschenrechten teilhaben lassen, insbesondere an den geistigen ... Das Glück brachte mich mit gebildeten Menschen zusammen, die mir die Hand zur Freundschaft reichten. Da begann ich zu begreifen, daß ich ein geistiges Wesen sei.»

Im selben Jahr erschien ihre Übersetzung der *Aeneis* von Vergil.

Mit Voltaire in Cirey – es waren in Émilies Leben die produktivsten Jahre.

Sie beteiligte sich 1737 an einem Preisausschreiben

der Académie des Sciences mit dem Essay *Sur la nature du feu.* Zwar gewann sie keinen Preis – den Preis hatte der Schweizer Mathematiker Leonhard Euler gewonnen –, aber ihre Arbeit wurde 1744 von der Académie, zusammen mit anderen, veröffentlicht.

1737 begann sie auch die Arbeit an ihrem Bibelkommentar *Examen de la Genèse.*

Voltaire und Émilie schrieben gemeinsam *Élements de la philosophie de Newton*; das Buch erschien 1738 unter Voltaires Namen, aber im Vorwort hob er Émilies Anteil hervor.

Sie arbeiteten in Cirey von früh bis spät, nach einem strengen Tagesplan. Aber sie empfingen auch Gäste. Unter dem Dach des Schlosses hatte Voltaire ein kleines Theater eingerichtet; man gab seine Stücke, Émilie spielte Hauptrollen.

1740 erschien Émilies *Institutions de physique.* Sie fragte nach dem Zusammenhang von Energie, Masse und Geschwindigkeit. Ihre These lautete, die Energie eines Körpers verhalte sich proportional zum Quadrat seiner Geschwindigkeit.

Anderthalb Jahrhunderte später, 1905, stellte Albert Einstein die Formel Energie ist gleich Masse mal Lichtgeschwindigkeit zum Quadrat ($E = mc^2$) auf.

Émilie war eine Vorläuferin von Albert Einstein.

1745 begann sie mit der Übersetzung von Newtons *Principia Mathematica.* Sie legte die dritte lateinische Auflage zugrunde, die 1726 in London unter Newtons Aufsicht erschienen war.

Schließlich schrieb Émilie die *Rede vom Glück, Discours sur le bonheur.*

Émilie du Châtelet – ebenbürtig war ihr nur Voltaire. Er nannte sie die göttliche Geliebte.

Immanuel Kant schrieb:

> «Der Vorzug des Verstandes und der Wissenschaft setzt sie über alle übrigen ihres Geschlechtes und auch über einen großen Theil des anderen hinweg.»

7.

Friedrich, Kronprinz, vertrieb sich die Wartezeit in Rheinsberg mit Philosophieren, Versifizieren, Musizieren, Korrespondieren, Komponieren.

Natürlich nicht allein.

Im Schloß «hauste zarte Freundschaft».

Dem kronprinzlichen Herzen am nächsten standen Charles Étienne Jordan, Dietrich Freiherr von Keyserlingk, Heinrich Baron de la Motte-Fouqué und Ulrich von Suhm, ein sächsischer Diplomat, den Friedrich Diaphanes, den Offenherzigen, nannte.

Jordan, Bibliothekar und Sekretär des Kronprinzen, vormals reformierter Prediger in Potzlow, Uckermark, und in Prenzlau.

Fouqué, Offizier, Liebhaber des Theaters und der Musik.

Keyserlingk, vom Kronprinzen le cher Césarion genannt, Offizier, Stallmeister, Tänzer, Plauderer.

Das Militärische beredete der Kronprinz gern mit

dem Vicomte de Chasôt, mit Christoph Ludwig von Stille und mit Fouqué.

In Rheinsberg blieben sie Schattenkrieger.

v. Stille hielt mehr von der deutschen Literatur als der Kronprinz.

Schloß Rheinsberg am Grienericksee hatte der Kronprinz von seinem widerwärtigen Vater, dem preußischen König Friedrich Wilhelm I., geschenkt bekommen zum Lohn für gezeigte Gefügigkeit.

Im Sommer 1736, nachdem die Innenausstattung des Schlosses geleistet war, bezogen Friedrich, Kronprinz, und Elisabeth Christine von Braunschweig-Wolfenbüttel-Bevern, Kronprinzessin, den südlichen Flügel. Verheiratet hatte man die beiden schon 1733, auf Schloß Salzdahlum. Sie war ihm als Ehefrau aufgezwungen worden.

Später, nach der Besteigung des Throns, verschickte Friedrich seine Frau, jetzt Königin, ins Schloß Schönhausen bei Berlin. Das Schloß machte er ihr zum Geschenk. Dort wohnte sie im Sommer. Im Winter lebte sie im Berliner Stadtschloß. Da sah sie ihn nur bei Festivitäten.

Zur Kronprinzenzeit in Rheinsberg waren außer der Kronprinzessin einige andere Damen zugelassen. Zum Tanzen und bei Spielen, als Publikum von Konzerten, bei Bootspartien auf dem Grienericksee.

Höfisches Zubehör.

Elisabeth Dorothea Juliane von Walmoden, Hofdame von Friedrichs Frau Elisabeth Christine.

Baronin Charlotte von Morrien.

Louise von Brandt.

Auguste von Tettau.

In Geschmacksfragen der Architektur und Malerei galt dem Kronprinzen das Urteil Knobelsdorffs, der dem Rheinsberger Schloß in den Jahren von 1737 bis 1740 den zweiten Gebäudeflügel, den zweiten Turm und die Kolonnade zwischen den Türmen hinzufügte.

Als Gast sah man den Maler Antoine Pesne, der den Kronprinz in Rheinsberg portraitierte.

Die Bibliothek bestückte der Kronprinz mit französischen Büchern. Ein Bildnis Voltaires in Lebensgröße hing ihm vor Augen.

Die Rheinsberger Jahre waren seine französische Studienzeit.

Friedrich stand es bevor, preußischer König zu werden, aber er zeigte sich als Verächter der deutschen Sprache und Literatur. Im Schloß Rheinsberg wurde kaum Deutsch gesprochen.

In Deutschland, so meinte Friedrich, herrsche ein Mischmasch vulgärer Dialekte, den man die deutsche Sprache nenne.

Von der deutschen Literatur hielt er nichts, und mit seinem Deutsch war es nicht weit her.

Das wußte er.

Sein Ausdruck, seine Orthographie und Zeichensetzung im Deutschen offenbaren sich in den Briefen, die er an seinen Rheinsberger Kammerdiener und späteren Geheimen Kammerier Michael Fredersdorf schrieb.

Für Friedrich, der seit Rheinsberg von der Naturrechtslehre des Rationalisten Christian Wolff beeindruckt war, mußte der Freund Ulrich von Suhm sogar Schriften Wolffs ins Französische übersetzen, damit Friedrich sie besser lesen konnte.

Gelegentlich hatte Friedrich bekannt, er spreche die Sprache seiner Heimat wie ein Pferdekutscher. Er hätte hinzufügen können, so schreibe er sie auch. Er hätte Grimmelshausen, Gryphius, Opitz lesen können oder Brockes, von Haller, Gottsched.

Die Verachtung der deutschen Literatur, die er partout nicht lesen mochte, war einer der Gründe für sein Kutscherdeutsch.

Für die musikalischen Soireen zog der Kronprinz ein Ensemble nach Rheinsberg, das er schon in Ruppin versammelt hatte. Erlesene Musiker gehörten zu diesem Kreis.

Als Gast aus Dresden Johann Joachim Quantz, Flötenvirtuose und Komponist, Flötenlehrer des Kronprinzen.

Franz Benda, erster Violinist, Komponist.

Johann Gottlieb Graun, Violinist, und sein jüngerer Bruder, der Komponist Carl Heinrich Graun.

Zur Hochzeit des Kronprinzen mit der Prinzessin Elisabeth Christine hatte Carl Heinrich Graun die Oper *Lo Specchio della Fedelta* geschrieben, die 1733 in Salzdahlum uraufgeführt worden war.

Der Cembalist Christoph Schaffrath.

Der Kammerdiener und engste Vertraute Friedrichs, Michael Fredersdorf – Friedrich hatte ihn aus Küstrin mitgebracht –, durfte bei manchen Konzerten mitspielen. Er spielte leidlich Oboe.

In Rheinsberg übte Friedrich sich als Komponist. Er schrieb Flötensonaten und -konzerte.

8.

In die Abgeschiedenheit von Cirey platzte ein Brief des preußischen Kronprinzen Friedrich vom 8. August 1736 an Voltaire.

Der vierundzwanzigjährige Ruppiner Regimentskommandeur und künftige preußische König schrieb aus Rheinsberg an den berühmten zweiundvierzigjährigen Dichter.

Durch seine Werke sei Monsieur Voltaire ihm, Friedrich, sehr wohl bekannt. In Voltaires Werken erkenne er, Friedrich, den Charakter ihres ingeniösen Schöpfers. Voltaires *Henriade*, *César*, *Alzire*, *Le temple du goût* ließen ihn, Friedrich, sich wünschen, alle Voltaireschen Werke zu besitzen. Er bitte darum, ihm alle Werke zu senden. Sollte es ihm, Friedrich, nicht vergönnt sein, Voltaire selbst zu besitzen, so könne er doch wenigstens hoffen, ihn dereinst zu sehen.

Voltaire, der wußte, wer ihm da geschrieben hatte, nannte Monseigneur Friedrich Königliche Hoheit und freute sich, daß es einen Fürsten gebe, der Philosoph sei. Monseigneur Friedrich liege offenbar mehr an der Menschlichkeit als am Königsgepränge. Er bedankte sich im voraus für den Traktat des Philosophen Christian Wolff *Vernünftige Gedancken von Gott, der Welt und der Seele des Menschen, auch allen Dingen überhaupt* von 1720, den Friedrich angekündigt hatte.

Aus seinem Palast geruhe der Erbe einer Monarchie einem Einsiedler Unterweisungen zukommen zu lassen!

Voltaire nannte Friedrich eine herrlichere Rarität als Kirchen und Gemälde in Rom, und er versicherte ihm, es wäre ein Glück für ihn, der Königlichen Hoheit einen Besuch abzustatten.

Aber Freundschaft halte ihn in Cirey fest. Sein Herz werde immer zu den Untertanen Friedrichs gehören.

Der Brief Friedrichs schmeichelte Voltaire.

Émilie aber mißtraute dem Kronprinzen.

Voltaire besitzen?

Schon am 4. November hatte Friedrich wieder an Voltaire geschrieben. Voltaire möge Friedrichs Taten als Frucht seiner Anleitungen betrachten. Alle Werke

Voltaires trügen das Zeichen der Unsterblichkeit. Voltaire vereine in seiner Person den Philosophen, den Historiker und den Poeten. Den Armen Émilies wolle er ihn nicht entreißen; er verlange nur, Émilie, diesem Wunder an Geist und Wissen, seine Verehrung zu übermitteln.

Kaum zehn Tage später bemüßigte sich Friedrich, einen dritten Brief zu schreiben, der mit einer gereimten Epistel an Monsieur de Voltaire über falsche und wahre Größe anhob. Rheinsberg nannte er fortan Remusberg. Immerhin bezeichnete Friedrich sich als Reimeschmied aus Germanien.

Das Jahr 1736 sollte nicht vergehen ohne einen vierten Brief Friedrichs an Monsieur de Voltaire. Friedrich beteuerte, seine Seele sei die untertänigste Dienerin der Seele Voltaires. Seine Seele wünsche sich, nach Cirey zu reisen, um dem Wissen Émilies und dem Geist Voltaires zu huldigen.

Friedrichs Briefe gelangten über Paris nach Cirey; er konnte nicht wissen, daß Voltaire sich inzwischen nach Holland abgesetzt hatte, um der Verfolgung durch die Polizei zu entgehen, die ihm wegen seines Gedichts *Le mondain* drohte.

Erst im Januar 1737 antwortete Voltaire aus Leiden: Er bedanke sich für ein Portrait Friedrichs, das dieser ihm habe schicken lassen, das aber der preußische

Geschäftsträger in Paris, Monsieur Chambrier, requiriert hätte für seine eigenen Zwecke.

Postwendend bestritt Friedrich, sein Portrait an Voltaire gesandt zu haben:

«… eine derartige Unart ist mir durchaus nicht in den Sinn gekommen.»

Vielmehr habe er Voltaire eine Sokrates-Büste geschickt, die die Form eines Gehstock-Knaufs besitze.

Friedrich fügte dem Brief eine seiner Hervorbringungen hinzu, die er für poetisch hielt. Allerdings war er sich der Zweifelhaftigkeit seiner Verse bewußt; er versah sie mit der Bemerkung, es gehöre für einen Frosch des Heiligen Tals viel Kühnheit dazu, in Apolls Gegenwart das Quaken zu wagen.

So ging es fort.

Friedrich bescheinigte Voltaire, der größte Mann Frankreichs zu sein, und er versicherte, daß er nicht von seinem Wunsch lassen werde, Voltaire eines Tages zu sehen.

Voltaire, nicht faul, berichtete, er sei in Amsterdam an zwei Berliner geraten, die voller Bewunderung von Friedrich gesprochen hätten; er habe sie gefragt:

«Wo ist mein Gott? Wann werden meine Augen meinen Heiland sehen?»

Voltaire ließ wissen, er werde Holland wieder verlassen; die Freundschaft rufe ihn nach Cirey zurück.

Die Sokrates-Büste als Gehstock-Knauf war in Cirey angelangt.

Voltaire schrieb, man hätte sich in Cirey schon geschmeichelt gefühlt, mit dem Konterfei des einzigen Prinzen, der auf Erden zähle, ausgezeichnet worden zu sein. Émilie, die es verdiene, erwarte ein Portrait Friedrichs.

Friedrich hatte die französische Übersetzung der *Metaphysik* von Christian Wolff angekündigt. Voltaire schrieb, er wage zu behaupten, Friedrich selbst habe die *Metaphysik* ins Französische übertragen.

Friedrich erwiderte, nicht er habe die *Metaphysik* Wolffs übersetzt. Diese Ehre komme einem seiner Freunde zu, der sich seit einigen Monaten in Rußland aufhalte.

Jener Freund hieß Ulrich von Suhm, der seit 1736 als sächsischer Gesandter in Petersburg weilte.

Ob Voltaire an einem Portrait Friedrichs interessiert war?

Friedrich ignorierte den vorgeblichen Wunsch Émilies; er antwortete, ihm scheine, Voltaire wünsche sein Portrait. Er habe es in Auftrag gegeben. Knobelsdorff, einer seiner Kavaliere, habe das Portrait gemalt.

Friedrich schrieb, der Baron von Keyserlingk, ein intimer Freund, werde das Bild nach Cirey bringen.

Und wieder der Versuch Friedrichs, Voltaire nach Berlin zu ziehen.

> «Berlin könnte nicht umhin, eine der berühmtesten Städte Europas zu werden, wenn es in der Lage wäre, Monsieur de Voltaire anzulocken.»

Schließlich doch noch die Erwähnung Émilies. Die Marquise du Châtelet wünsche sein Abbild; er willige also ein. Es sei an ihm, das ihrige zu erbitten.

Er erbat es nicht.

Im April 1737 wandte Voltaire sich der *Metaphysik* Wolffs zu. Er lobte dessen Scharfsinn, kritisierte dessen Begriff von den «einfachen Dingen». Was Materie auch sein möge; ob die Seele mit dem Menschen vergehe oder unsterblich sei – das Weiseste, Würdigste sei es, wenn Friedrich seine Seele mit allen Tugenden, allen Freuden und allem Wissen beglücke, als Fürst und Weiser lebe, glücklich sei und andere glücklich mache.

Eines der größten Geschenke Friedrichs an die Menschheit werde sein, wenn er Aberglaube und Fanatismus zertrete und nicht zulasse, daß ein Mensch, der eine Robe trage, andere Menschen verfolge, die nicht so denken wie er.

Friedrich hatte Voltaire die Erinnerungen von Johann Gotthilf Vockeroth an Zar Peter I. geschickt und zog die Größe Peters, ganz im Sinne Vockeroths, in Zweifel.

Man könne nicht vorsichtig genug sein, wenn es darum gehe, große Männer zu beurteilen. Peter habe sich despotisch gebärdet wie kein anderer Souverän. Ausländer hätten ihn bewundert, aber von seinen Untertanen sei er gehaßt worden.

Pompejus sei – zum Vergleich – bewundert worden, aber in Ciceros Briefen sehe man einen anderen.

Oder: Quintus Curtius habe in seiner *Geschichte Alexanders des Großen* Alexander als einen der größten Männer der Erde darzustellen gewußt; es könne aber sein, daß Alexander nur ein berühmter Räuberhauptmann gewesen sei.

Mit einem Wort: Die Reputation von Menschen hänge von der Gunst der Historiographen ab. Sie schafften eine Menge Beispielhaftes heran, wenn sie eine Vorliebe für den Ruhm von Monarchen hegten.

Zugleich übersandte Friedrich eine Epistel zum Ruhme Émilies – *À la divine Émilie* – und bat Voltaire, der «unvergleichlichen Émilie» die Epistel zu überreichen. Falls sie Émilie mißfalle, so könne sein Sturz nur ruhmreich sein – wie bei Unglücksmenschen, die durch ihre Verbrechen bekannt geworden seien.

9.

Françoise d'Issembourg-d'Happoncourt de Graffigny, kurz: Madame de Graffigny, hatte sich von ihrem geizigen und brutalen Mann getrennt und stand ohne Haus und Geld da.

Émilie und Voltaire kannten ihre prekäre Lage; sie gewährten ihr Zuflucht in Cirey.

Am 4. Dezember 1738 kam Madame de Graffigny in Cirey an.

Im Chateau weilten noch andere Gäste.

Madame de Graffigny setzte ihren Ehrgeiz darein, Voltaire und Émilie bei der Arbeit zu beobachten und lange Briefe an ihre Freunde zu schreiben. Ihr bevorzugter Adressat war der junge Schriftsteller François-Antoine Devaux, den sie Panpan nannte.

Sie beschrieb die Ausstattung der Gemächer von Voltaire und Émilie: Möbel, Tapeten, Bilder, Vorhänge, Teppiche, Vasen etc. Sie beschrieb Émilies und Voltaires Garderobe. Sie beschrieb Émilies Schmuck. Sie beschrieb die Speisen – bis zu den Saucenrezepten.

Aber eines bekam sie nicht zu Gesicht: Voltaire bei der Arbeit.

Madame de Graffigny beschloß, Voltaire in seinem Arbeitszimmer zu besuchen.

Auf dem Gang, an dem Voltaires Gemächer lagen, stand ein Bediensteter. Er sagte:

«Entschuldigen Sie, Madame, Sie können hier nicht entlang. Monsieur möchte nicht gestört werden.»

«Nun, ich versuche es trotzdem.»

Der Bedienstete ging eilends weg.

«Den bin ich los.»

Madame de Graffigny klopfte an Voltaires Tür.

Nichts.

Sie klopfte noch einmal.

Nichts.

Sie klopfte zum dritten Mal und drückte die Klinke nieder.

Die Tür war verschlossen.

In diesem Moment stürmte Émilie herbei:

«Madame Graffigny, was treiben Sie hier?»

«Ich wollte Monsieur Voltaire etwas fragen. In einer privaten Sache.»

«Sind Sie noch bei Sinnen? Wie können Sie es wagen, Monsieur Voltaire bei der Arbeit stören zu wollen. Bitte …»

Madame de Graffigny, hochrot, zog sich zurück.

Beim Abendessen taten alle, als sei nichts gewesen.

10.

Im März 1738 hatte Friedrich Voltaire vorgehalten, er habe im Gespräch mit Keyserlingk Machiavell, diesen elenden Schurken, in den Rang der großen Männer seiner Zeit erhoben.

Voltaire erwiderte, er sehe sich genötigt, darüber zu sprechen, wie Friedrich über Machiavell denke. Friedrich sei zu Recht in tugendhafte Wut geraten, weil er, Voltaire, den Stil eines schlechten Menschen gelobt habe. Die schreckliche Politik, die Machiavell lehrte, führe doch nur zum eigenen und zum Unglück anderer.

Seine *Épître sur l'humanité*, die Friedrich an Voltaire gesandt und die dieser anerkennend quittiert hatte, begleitete Friedrich im Januar 1739 mit einem Kommentar, der vielversprechend klang. Die Pflicht eines Herrschers sei es, menschliches Leid zu lindern. Die Stimmen der Unglücklichen, das Stöhnen der Elenden, die Schreie der Unterdrückten müßten bis zu ihm dringen.

Da war Friedrich noch Kronprinz.

Friedrich arbeitete an seinem *Antimachiavell*, seinen guten Vorsätzen für Herrscher.

Im Herbst 1739 wünschte sich Friedrich wieder einmal, Voltaire empfangen zu können; sein Haus biete Voltaire Asyl vor allen Schicksalsschlägen.

Und er versicherte Voltaire, daß er sich so wenig mit Krieg befasse, als gäbe es gar keinen. Er arbeite an der Widerlegung Machiavells.

Ob Voltaire bereit sei, Émilie in Cirey zu verlassen, um Friedrich in Rheinsberg zu besuchen?

Im Januar 1740 schickte Friedrich fünf Kapitel seines *Antimachiavell* an Voltaire und legte es nahe, daß der Name des Verfassers ungenannt bleibe.

Voltaire war überzeugt, daß der *Antimachiavell* erscheinen müsse.

Friedrich ließ Voltaire schließlich wissen, er habe sich endgültig entschlossen, das Werk anonym erscheinen zu lassen.

Voltaire erhielt im Februar 1740 die restlichen Teile des *Antimachiavell* und schlug Friedrich Korrekturen vor. Er werde den Druck gemäß den Anordnungen Friedrichs vorbereiten.

Am 31. Mai 1740 starb Friedrichs Vater Friedrich Wilhelm I., der Soldatenkönig. Am selben Tag übernahm

Friedrich die Regierungsgeschäfte. Friedrich, 28jährig, war jetzt preußischer König.

In einem Brief aus Berlin-Charlottenburg beteuerte er:

> «... werde ich am Leben sein, so werde ich Sie sehen, und das noch in diesem Jahr.»

Voltaire widmete Friedrich ein Gedicht:

> «Dies ist endlich meines Lebens schönster Tag, ...
> Der Tag, an dem Sie herrschen ...
> Ein Philosoph regiert: ah! ...
> Sie, Salomon des Nordens ...»

Friedrich dringlich am 12. Juni aus Berlin:

> «Mein lieber Voltaire, verweigern Sie sich nicht mehr allzulange meinem Drang, Sie sehen zu wollen ... Ende August reise ich nach Wesel ...»

Voltaire antwortete, Friedrich lasse ihn für dieses Jahr auf Beseligendes hoffen. Die Königin von Saba (so nannte er Émilie) wolle alles in Bewegung setzen, um Salomon in seiner ganzen Glorie zu sehen.

Zugleich kündigte er Friedrich dessen *Antimachiavell* an, den er in Holland in Druck gegeben hatte.

Aber Friedrich war unterdessen entschlossen, die Ausgabe einzuziehen.

Friedrich, jetzt König, fürchtete die Wirkung seiner kronprinzlichen Auslassungen. Er bat Voltaire, die Ausgabe des *Antimachiavell* vollständig aufzukaufen.

Voltaire fuhr nach Den Haag zu dem Verleger Jan van Duren, der die Hälfte des Manuskriptes bereits gedruckt hatte, und verlangte die Handschrift zurück.

Jan van Duren verweigerte die Rückgabe.

Da gab Voltaire vor, er müsse einige Seiten korrigieren. Der Verleger vertraute ihm; Voltaire milderte den Text in Friedrichs Sinne ab.

Anfang August 1740 schrieb Friedrich, er überlasse Voltaire den *Antimachiavell* und zweifle nicht, daß er das in Voltaire gesetzte Vertrauen nicht bereuen müsse.

> «Lassen Sie drucken oder nicht, ich verlasse mich voll und ganz auf meinen lieben Herausgeber.»

II.

Nach der Ankündigung Friedrichs, er werde im September 1740 seine Provinzen am Niederrhein besuchen und auf Schloß Moyland bei Kleve residieren, sagte Voltaire in Cirey zu Émilie:

«Ich reise nach Kleve, um endlich Frédéric zu sehen.»

«Warum willst du ihm so nahe sein. Er ist ein König.»

«Er ist aufgeklärt, gebildet, human. Er hat am Tage seines Machtantritts die Folter abgeschafft.»

«Außer bei Hochverrat. Er wird wie alle Könige sein.»

«Ich werde ihm schreiben, daß ich mit dir nach Kleve reise.»

«Ich will darauf achten, daß er dir nicht zu nahe kommt.»

Voltaire las Émilie Friedrichs Antwort vom 2. August vor:

«Betreffs Ihrer Wünsche werde ich an Madame Châtelet schreiben. Um ganz offen von Ihren Reiseabsichten zu sprechen: Es geht um Voltaire, um Sie, um meinen Freund, den ich zu sehen wünsche; die göttliche Émilie, bei all ihrer Göttlichkeit, ist doch nur ein Accessoire des newtonisierten Apoll … Könnten Sie doch für immer einer der meinigen werden.»

«Da hast du deinen ‹Salomon des Nordens›. Er ist flegelhaft-arrogant, aggressiv-verächtlich. Ein Machtmensch, selbstgewiß und schamlos. Er ist nicht dein Freund. Er will dich besitzen, wie er andere Schmuckstücke besitzt. Du sollst seinen Ruhm mehren.»

«Was soll ich tun.»

«Natürlich mußt du nach Kleve reisen. Du hast keine andere Wahl. Er ist der preußische König, einer der mächtigsten Männer Europas. Er kann dich verfolgen, ergreifen, arretieren. Er hat eine Armee …»

«Wir sind in Frankreich.»

«Du hast nur deine Bücher.»

«Und dich.»

«Solange ich lebe …»

Am 6. September schrieb Friedrich an Voltaire, der mit Émilie in Brüssel weilte, er werde sich also nächstens auf Schloß Moyland aufhalten und habe vorzuschlagen, daß Voltaire ihn dort besuche.

Nach Brüssel könne er nicht kommen, da er am Quartanfieber leide.

Er bitte darum, ihn bei Madame Émilie dafür zu entschuldigen, daß er nicht das Vergnügen haben werde, sie zu sehen.

Moyland! Das Wasserschloß bei Kleve. Die erste Begegnung des jungen Friedrich, jetzt König, mit Voltaire – von Friedrich seit langem herbeigesehnt, von Voltaire lange hinausgezögert.

Voltaire, berühmt in Europa, sechsundvierzig Jahre alt, Friedrich achtundzwanzig.

In der Nacht vom Sonntag, 11. September, zum Montag kam Voltaire auf Schloß Moyland an. Wen sah er? Statt eines blühenden jungen Königs einen kleinen Kranken im Bett, der schwitzte und fiebrig zitterte.

Voltaire sagte: «Sire, erlauben Sie», und fühlte ohne Scheu Friedrichs Puls.

Friedrich: «Mein teurer Freund.»

Die Ärzte Friedrichs wußten mit dem Fieber ihres Königs nicht recht fertig zu werden.

Voltaire aber, der bei den Jesuiten in die Lehre gegangen war, riet zu Chinin. Gegen den Protest seiner

Ärzte nahm Friedrich Chinin. Am Montag war das Fieber verschwunden.

Zwei Tage nur blieben Friedrich und Voltaire auf Schloß Moyland.

Für Voltaire glänzende Tage. Die Zurückweisung Émilies durch Friedrich war nicht vergessen, aber beiseite geschoben.

Voltaire las aus seinem Stück *Mahomet*. Er antwortete im Kreise der Gäste auf Friedrichs Fragen; seine Antworten uferten in Monologe aus, und alle hörten ihm gespannt zu.

Friedrich schrieb an Jordan:

> «... ich habe nur bewundern und schweigen können.»

Allerdings hatte Voltaire sich geirrt, als er glaubte, Friedrich sei nur deshalb in sein rheinisches Herzogtum Kleve gereist, um ihn zu treffen.

Zu Friedrichs Erbe zählte eine kleine Gemeinde nahe Lüttich, die Stadt Herstal, die 1732 an Preußen gefallen war. Die Herstaler wollten aber nichts mit Preußen zu tun haben; zwar hatten sie Friedrichs Vater zwangsweise Lehnstreue geschworen, fühlten sich jedoch nicht an den Eid gebunden. Der Fürstbischof von Lüttich unterstützte die widersetzlichen Herstaler.

Nach der Thronbesteigung Friedrichs weigerte sich die Stadt Herstal, den erzwungenen Eid zu wiederholen. Man sei nur dem Fürstbischof von Lüttich verpflichtet. Hinter dem Bischof stand der französische König.

Friedrichs Minister hatten ihm wegen der drohenden Kriegsgefahr von einem militärischen Vorgehen gegen den Lütticher Fürstbischof abgeraten.

Friedrich:

«... wenn sie anfangen, vom Krieg zu reden, ist es, als wenn Irokesen über Astronomie diskutieren.»

Genau am Tag von Voltaires Ankunft auf Schloß Moyland stellte Friedrich dem Fürstbischof ein Ultimatum, und genau an dem Tag, da Friedrich und Voltaire das Schloß verließen, marschierten drei Bataillone preußischer Gardegrenadiere und eine Schwadron Dragoner in das Lütticher Gebiet ein.

Zweitausend bewaffnete Preußen in Lüttich, und die Rebellion der Herstaler und des Fürstbischofs fand ein Ende.

Im Oktober trat Friedrich seine Herstaler Rechte an Lüttich ab, gegen eine Zahlung von 240 000 Talern.

Das war Friedrichs Grund für seine Reise nach

Kleve. Der Wunsch, Voltaire zu sehen, ein Vorwand. Die Begegnung mit Voltaire ein Beifang.

Voltaire reiste zurück nach Den Haag.

An Émilie schrieb er, seine Anwesenheit in Den Haag sei unumgänglich, da er mit der Herausgabe von Friedrichs *Antimachiavell* beschäftigt bleibe.

Das Buch erschien Ende September 1740 anonym, bearbeitet und herausgegeben von Voltaire.

Noch auf Schloß Moyland war Voltaire von Friedrich nach Rheinsberg eingeladen worden. Er schrieb an Émilie, er könne die Einladung unmöglich ausschlagen; er werde nach Preußen reisen.

Émilie war aufgebracht. Sie fürchtete, Voltaire an Friedrich zu verlieren. Denn über Friedrichs Absichten gab sie sich keinen Illusionen hin. Er wollte Voltaire in Preußen haben, um sich als «Philosoph auf dem Thron» zu berühmen.

Voltaires Wunsch, ein Mentor des jungen Königs zu sein, betrachtete Émilie mit äußerster Skepsis. Der «Salomon des Nordens», der eine Armee von 100 000 Soldaten kommandierte, werde sich früher oder später entpuppen, ungeachtet der hehren Sprüche in seinem *Antimachiavell*.

12.

Am 7. November 1740 machte Voltaire sich auf den Weg nach Preußen, begleitet von dem Orientalisten Du Molard, den Friedrich nach Berlin berufen hatte. Die Reise beschwerlich. Mitten in Westfalen ein Schaden an der Kutsche. Voltaire, in Samthosen, Seidenstrümpfen und Pantoffeln, mußte auf einem Bauerngaul nach Herford reiten, um Hilfe zu holen.

Endlich, am 19. November, kam Voltaire in Rheinsberg an.

Noch am Tag seiner Abreise aus Den Haag hatte Friedrich die Mobilmachung seiner Armee befohlen, doch Voltaire in Rheinsberg erfuhr davon nichts.

Friedrich schwieg.

Émilie hatte sich unterdessen in Cirey vergraben und widmete sich ihren physikalischen Experimenten.

Die Einsamkeit von Cirey machte ihr zu schaffen.

Es tröstete sie auch nicht, daß Voltaire ihr schrieb, er bleibe nur kurz in Preußen.

«Es ist hier arktisch kalt. Die Speisen aus der königlichen Küche sind schwer verdaulich.»

Sie folgte nicht dem Rat von Freunden, doch nach Paris zu kommen.

Sie entschied sich für Brüssel und wohnte dort in dem Haus in der Rue de la Grosse Tour, das Voltaire und sie gemietet hatten. So, glaubte sie, wäre sie Voltaire näher als in Paris.

Voltaire hielt sich in Rheinsberg oder Berlin auf.

Tischgesellschaften. Geistvolle Dispute. Flötenkonzerte.

Friedrichs Homosexualität war für Voltaire eine ausgemachte Sache. Auf Schloß Moyland hatte er die Atmosphäre noch amüsant gefunden. Schöne Männer! Es lag ihm fern, über Homosexualität zu urteilen. Jetzt, in Rheinsberg und Berlin, fehlte ihm die Anregung schöner Frauen.

Émilie las am 8. Dezember in einem Expreßbrief von Voltaire, er werde am 2. Dezember aus Berlin abreisen.

Seine Reise von Den Haag nach Rheinsberg hatte zwei Wochen gedauert.

Sie hoffte, Voltaire werde Mitte Dezember bei ihr in Brüssel sein.

Voltaire präsentierte Friedrich eine Reisekostenrechnung. Friedrich hatte ihm die Erstattung der Reisekosten angeboten, wohl in der Annahme, Voltaire werde ablehnen. Voltaire setzte noch die Kosten für seine Zeit in Den Haag auf die Rechnung, die er dort verbracht hatte wegen der Überarbeitung und Edition des *Antimachiavell.* Schließlich enthielt die Aufstellung die ungefähren Kosten für die Rückreise von Berlin nach Brüssel.

Es kam eine Summe von 1300,– Louisdor zusammen; Friedrich zahlte – unwillig und verstimmt.

Voltaire verabschiedete sich in Berlin auch von dem Mathematiker Pierre-Louis Moreau de Maupertuis, der von Friedrich auf Empfehlung Voltaires nach Berlin berufen worden war.

Voltaire und Maupertuis kannten einander nur zu gut. Obwohl Voltaire wußte, daß er Maupertuis nicht vertrauen konnte, leistete er sich beim Abschied den gefährlichen Satz, Friedrich sei eine ehrenwerte, einzigartige und liebenswerte Hure.

Die Rückreise Voltaires stand unter einem schlechten Stern. Der Winter war frühzeitig über Deutschland hereingebrochen. Schnee und Eis zwangen die Postkutschen zu längeren Pausen. In den deutschen Gasthöfen die Zimmer ungeheizt, die Betten feucht, das Essen unbekömmlich.

Schließlich beschloß Voltaire, mit Schiffen von der Ostsee in die Nordsee zu fahren und in Belgien von Bord zu gehen. Die Winterstürme zwangen die Schiffe zu vielen Aufenthalten in kleinen Häfen.

Während der Rückreise nach Belgien erfuhr Voltaire, daß Friedrichs Truppen am 16. Dezember 1740 Schlesien überfallen hatten.

Er notierte:

«Der König von Preußen hält sich für einen zivilisierten Mann, doch unter der dünnen Außenhaut des Ästheten liegt ... die Seele eines Schlachters.»

Zu Weihnachten war Voltaire immer noch nicht in Brüssel.

Erst am 27. Januar 1741 sah er Émilie wieder.

Émilie kehrte mit Voltaire glücklich von Brüssel nach Cirey zurück.

13.

Hätte Voltaire die Korrespondenz mit der Schlachterseele abbrechen sollen?

Friedrich, preußischer König, Befehlshaber einer Hunderttausend-Mann-Armee, war mit 27000 Soldaten in Schlesien einmarschiert.

Ende Januar 1741 gab es in Schlesien – außer in den Festungen Glogau, Brieg und Neiße – schon keine österreichischen Truppen mehr. Friedrich konnte seine Soldaten beruhigt Winterquartier beziehen lassen.

Noch im Dezember 1740 hatte Voltaire an Friedrich eine neue Abschrift seiner Tragödie *Mahomet* geschickt. Und er schrieb darüber an Friedrich:

> «... daß ein Kamelhändler ... sich damit brüstet, in den Himmel entrückt worden zu sein und dort einen Teil jenes unverdaulichen Buches empfangen zu haben, das ... den gesun-

den Menschenverstand erbeben läßt, daß er, um diesem Werke Respekt zu verschaffen, sein Vaterland mit Feuer und Eisen überzieht, ... das ist nun mit Sicherheit etwas, das kein Mensch entschuldigen kann ...

... wer auch immer Krieg in sein eigenes Land trägt und wagt, dies im Namen Gottes zu tun, ist der nicht zu allem fähig?»

Voltaire hoffte, der preußische König denke ebenso wie er, und bei diesem Philosophenkönig zu leben wäre sein größter Trost.

In Lille wurde die Aufführung des *Mahomet* vorbereitet, in Schlesien bereitete Friedrich den Frühjahrsfeldzug 1741 vor. In Friedrichs preußischer Heeresordnung hieß es:

«Wenn ein Soldat sich während des Treffens nach der Flucht umsehen sollte, und zwar 1 Fuß breit aus der Linie sich begiebet, soll der hinter selbem stehende Unter-Offizier selben mit dem Kurzgewehre auf der Stelle durchstechen und massacriren.»

Am 9. März eroberten die preußischen Truppen unter Leopold II. die Festung Glogau.

Der österreichische Oberbefehlshaber in Schlesien, Graf Wilhelm Reinhard von Neipperg, sammelte bei Olmütz eine Armee von 15 000 Mann, um die Festungen Neiße und Brieg aus der preußischen Umklammerung zu befreien. Aber am 10. April besiegten die Preußen das österreichische Heer in der Schlacht von Mollwitz südöstlich von Breslau.

Friedrich selbst führte im ersten Treffen den rechten Flügel seiner Armee, verließ aber auf Drängen seines Feldmarschalls Kurt Christoph von Schwerin, der Friedrichs Leben schützen wollte, das Schlachtfeld.

v. Schwerin gewann die Schlacht, Neipperg mußte kapitulieren.

Der Preis für den preußischen Sieg: 4849 gefallene und verwundete Preußen, 4551 gefallene und verwundete Österreicher.

Drei Wochen nach der Schlächterei von Mollwitz quittierte Voltaire, geübt im Gebrauch höfischen Vokabulars, die Nachricht vom preußischen Sieg in einem Brief an Friedrich mit den Worten:

> «Sie könnten einen Kaiser machen … oder sich selbst zum Kaiser erheben; tritt letzteres ein, so werden Sie nicht nur dadurch die Heiligste Majestät für mich sein. Ich bin recht unge-

duldig darauf bedacht, dieser anbetungswürdigen Hoheit den *Mahomet* zu widmen. Ich habe ihn zu Lille aufführen lassen …, doch gleich welche Gefühlsstürme er ausgelöst hat, sie reichen nicht an die heran, die mein Herz verspürt, wenn es Ihre Heldentaten sieht.»

Noch im Mai fiel Brieg an Preußen, Ende Oktober Neiße.

Am Jahresende lobte Voltaire Friedrichs Verse,

«… die meinem Helden in Neiße so leicht von der Hand gingen wie die Eroberung der Stadt.»

1742. Im März schrieb Voltaire an Friedrich, er habe mit Fieber zu Bett gelegen, während Friedrich von Erfolg zu Erfolg geeilt sei. Mit einem Fuß habe er schon das Ufer des Styx berührt. Die Zahl der Unglücklichen, die er über den Fluß setzen sah, habe ihn zutiefst erbost. Sie seien alle aus Böhmen und Mähren gekommen.

Und dann schrieb Voltaire den kühnen Satz:

«Werden Sie denn niemals aufhören, Sie und Ihre Amtsbrüder, die Könige, diese Erde zu verwüsten, die Sie, sagen Sie, so gerne glücklich machen wollen?»

Und:

«... dennoch, großer König, lieb' ich Sie.»

Wenige Wochen später ging das Gemetzel weiter. Preußische Truppen unter Friedrich und österreichische Truppen unter Prinz Karl von Lothringen trafen am 17. Mai bei dem böhmischen Ort Chotusitz aufeinander. Die Preußen siegten über die Österreicher. Am Ende des Tages wurden 4778 tote und verwundete Preußen, 6332 tote und verwundete Österreicher gezählt.

Für die österreichische Kaiserin Maria Theresia war es Zeit, mit dem «bösen Mann» aus Berlin, dem räuberischen Preußenkönig, bitteren Frieden zu schließen.

Im Breslauer Präliminarfrieden am 11. Juni und im Frieden von Berlin am 28. Juli verlor Österreich Nieder- und Oberschlesien und die böhmische Grafschaft Glatz an Preußen. Das preußische Staatsgebiet, die Bevölkerung und die Finanzeinnahmen vergrößerten sich um ein Drittel.

Dafür zahlten über 20 000 Soldaten beider Seiten mit ihrem Leben oder ihrer Gesundheit.

14.

Kardinal Fleury hatte erfahren, daß Friedrich, der an Gicht litt, die Absicht hegte, die heißen Quellen von Aachen aufzusuchen.

Die französische Regierung wünschte angesichts der preußischen Expansionsgelüste zu wissen, welche nächsten Schritte Friedrich plane.

Fleury bat Voltaire und Émilie nach Versailles. Niemand finde eher Zugang zum preußischen König als Voltaire. Cirey sei nicht weit von Aachen entfernt. Es sei ihm gewiß ein leichtes, von Friedrich nach Aachen eingeladen zu werden. Von Aachen aus möge er in privaten Briefen an Madame du Châtelet über seine Erkenntnisse berichten, verschlüsselt! Und Madame könne ihm, Fleury, nach Versailles schreiben, was er herausgefunden habe.

Voltaire zeigte sich von Fleurys Plan äußerst angetan.

Émilie war an einem erträglichen Verhältnis Voltaires zum französischen Hof stärker interessiert als an einem guten Verhältnis Voltaires zum preußischen König. Sie stimmte Fleury zu.

Voltaire, der Friedrich längst geschrieben hatte, daß er mit Émilie von Brüssel nach Cirey zurückgekehrt sei, hielt bald einen Brief von Friedrich in Händen, datiert vom 26. August 1742.

Friedrich schrieb, er sei mit einem Gefolge am 25. August in Aachen eingetroffen und lade Voltaire ein. Er wohne im Hause des Rentmeisters der Deutschordens-Komturei St. Gilles, Henri Francis Comte de Bouget.

Eine Woche später, am 2. September, beklagte Friedrich, daß Voltaire noch immer nicht in Aachen sei. Er glaube sich des Vergnügens beraubt, Voltaire zu sehen, denn am 7. September reise er ab.

Am 6. September traf Voltaire schließlich in Aachen ein.

In der kurzen Zeit, die bis zu Friedrichs Abreise blieb, erfuhr Voltaire nichts von den Plänen Friedrichs. Er hörte nur, daß Friedrich nicht nach Berlin, sondern zu einer Inspektion nach Schlesien reise.

Im übrigen bemerkte Voltaire, Friedrich habe im Badehaus des Krebsbades Heilung gesucht.

15.

Im Januar 1743 war Kardinal André-Hercule de Fleury, fast neunzigjährig, gestorben.

Dem neuen Minister, Jean-Jacques Amelot de Chaillou, fiel wenig ein.

Da tat sich der Herzog von Richelieu, dessen Geliebte Émilie einst gewesen und der mit Voltaire freundschaftlich vertraut war, bei Ludwig XV. hervor.

Seine Idee: Der französische Botschafter in Berlin solle das Gerücht streuen, Voltaire werde in Paris verfolgt und befinde sich auf der Flucht. Zum Beweis sei die Aufführung von Voltaires *La mort de César* in der Comédie Française zu verbieten und Voltaire Verhaftung anzudrohen. Einige Zeit später habe Émilie aus Cirey an Friedrich zu schreiben, sie bitte für Voltaire um Asyl. Bald darauf sei Voltaire an der Reihe. In einem Brief aus Brüssel solle er Friedrich um die Erlaubnis bitten, nach Preußen kommen zu dürfen.

Der König und Amelot hielten Richelieus Plan für

superbe. Auch Voltaire war angetan von der Aussicht, als eine Art Geheimdiplomat an den preußischen Hof zu gehen.

Aber Émilie sagte zu Richelieu:

«Nein! Ohne mich!»

Amelot suchte Émilie auf.

Sie sagte:

«Ich spiele nicht mit!»

Schließlich bestellte der König Émilie nach Fontainebleau.

Émilie blieb äußerlich ruhig.

Sie sagte:

«Ich war der Ansicht, daß Monsieur Voltaire freiwillig handle. Können Majestät das bestätigen?»

Der König gab ihr recht.

Émilie sagte:

«Vielleicht fühlt Monsieur Voltaire sich verpflichtet, den preußischen König zu hintergehen, um für Frankreich etwas Wichtiges zu erfahren. Ich aber kann es nicht mit meinem Gewissen vereinbaren, mich an dieser Täuschung zu beteiligen. Ich werde König Friedrich nicht belügen.»

Erregt verließ Émilie das Schloß.

Nur Voltaire konnte Émilie dazu bewegen, bei dem Täuschungsmanöver mitzutun; es gelang ihm. Émilie fürchtete aber, Friedrich könnte die Sache durchschauen.

Sie traute ihm für diesen Fall zu, Voltaire in einen tödlichen Unfall verwickeln zu lassen.

Voltaire reiste mit dem preußischen Gesandten in Den Haag, Otto Graf von Podewils, nach Berlin ab. Sie kamen am 30. August 1743 an.

Friedrich traf drei Tage später aus Potsdam ein.

Voltaires Zimmer im Schloß lagen in der Nähe der königlichen Gemächer.

Friedrich ließ im Schloßtheater zu Ehren Voltaires eine Oper aufführen. Voltaire erhielt das Recht, in Friedrichs Loge zu sitzen.

Voltaire nahm es sich heraus, Friedrich einen Fragebogen vorzulegen, der neun politische Fragen enthielt.

Friedrich beantwortete die Fragen ironisch, und Voltaire war am Ende nicht klüger als vorher.

Voltaire flirtete ungeniert mit Friedrichs Schwester Ulrike. Er schrieb Verse auf sie:

«Ein wenig Wahrheit ist gar oft
Dem Tuch der Lügen eingewoben:
Heut nacht in einem irren Traum
Ward ich zum Könige erhoben.
Ich liebte Sie, Prinzeß, und hab' es kühn
geschworen!
Als ich erwachte, war nicht alles Schaum:
Ich hatte nur mein Reich verloren.»

Ulrike fühlte sich geschmeichelt und lachte.

Sie zeigte Friedrich die Verse Voltaires. Der spöttelte und diktierte ihr eine Antwort. Sie endete mit den Worten:

> «Ihr habt ein Königreich verloren und ich die Kunst zu reimen.»

Friedrich ließ wissen, daß er zu seiner Schwester Wilhelmine, Markgräfin von Bayreuth, zu reisen gedenke. Voltaire wurde nicht eingeladen. Er schloß sich der Reisegesellschaft nach eigenem Gutdünken an.

Wilhelmine, die Lieblingsschwester Friedrichs, kannte er seit seinem Aufenthalt im November 1740 in Rheinsberg. Voltaire fühlte sich als ihr Freund, und sie mochte ihn.

Voltaire hoffte, mehr über Friedrichs Pläne von ihr zu erfahren als von Friedrich.

Über den Bayreuther Ablenkungen versäumte Voltaire es, an Émilie zu schreiben.

Sie war hin und her gerissen zwischen kalter Wut und brennender Eifersucht.

Voltaire reiste schließlich nach Berlin zurück und nahm am 12. Oktober Abschied von Preußen. Er hatte sich eine neue Kutsche gekauft. Sie ging am zweiten Reisetag in die Brüche. Er lag auf einer Dorfstraße im Dreck. Bauern halfen ihm, bestahlen ihn aber auch.

Er legte eine Erholungspause am braunschweigischen Hof ein.

In Brüssel wartete Émilie.

An Voltaires Freund, den Comte d'Argental, schrieb sie:

«Ich kenne ihn nicht mehr wieder, ihn, von dem mein Leid und Freud abhängt ... Er ist völlig trunken. Ich weiß durch den preußischen Sendboten im Haag, daß er am 12. Oktober aus Berlin abgereist ist; er soll über Braunschweig fahren, denn er ist rein närrisch nach den Höfen ... 12 Tage braucht er von Berlin nach dem Haag, und hin ist er in 9 gekommen ... 2 Wochen ist er in Bayreuth geblieben ... Weitere 14 Tage verbrachte er nach seiner Rückkehr in Berlin; ganze 3 Wochen hat er mir nicht geschrieben, und seit 2 Monaten höre ich von seinen Plänen und Schriften nur durch die Botschafter und Zeitungen ... Nun können Sie wohl verstehen, wie sehr ich zu beklagen bin ...»

Am 6. November langte Voltaire in Brüssel an.

Émilie freute sich darüber, daß seine Bemühungen in Preußen gescheitert waren.

Am 9. November machten sie sich auf den Weg nach Paris. Unterwegs, in Lille, besuchten sie Voltaires Nichte Marie Louise, eine Tochter seiner Schwester Catherine Mignot; Marie Louise war seit 1737 mit Nicolas-Charles Denis verheiratet.

In Paris wurde Voltaire enttäuscht. Er hatte gehofft, von Ludwig XV. empfangen und für seine Dienste belohnt zu werden, womöglich mit einer Pension. Aber das Ministerium unter Amelot ließ ihn wissen, daß man auch ohne seinen Bericht längst informiert sei: Friedrich denke nicht daran, mit Frankreich eine Allianz zu schließen.

Friedrich hatte Voltaires Bitte, ihm eine günstige Botschaft für Ludwig XV. mitzugeben, mit dem Satz beschieden:

> «Die einzige Botschaft, die ich Ihnen für Frankreich geben kann, ist die, sich klüger zu verhalten.»

16.

Monsieur Denis, der Mann von Voltaires Nichte Louise, war im April 1744 gestorben. Seit Denis' Tod hatte sich Voltaire heimlich seiner Nichte zugewandt. Sogar hatte er ihr in Paris ein Haus gekauft.

Obwohl Émilie Grund hatte, Mißtrauen gegen Voltaire zu hegen, mißtraute sie ihm nicht. Aber von Jahr zu Jahr stärker nahm sie wahr, daß sich ihre Beziehung zu Voltaire wandelte.

Dennoch – sie blieben zusammen. Sie arbeiteten miteinander, sie stritten sich, sie lebten in Cirey das gewohnte Leben.

Émilie war eine leidenschaftliche Kartenspielerin. Bei Hofe spielte sie um hohe Summen und verlor oft.

Voltaire mußte ihre Spielschulden bezahlen. Es ärgerte ihn, sinnlos Geld auszugeben.

Émilie schwor sich, vorsichtiger zu sein. Doch ihre Leidenschaft riß sie fort.

Am 14. Oktober 1747 weilten Voltaire und Émilie im Schloß Fontainebleau.

Émilie saß mit der französischen Königin, Marie Leszczyńska, und zwei Herzoginnen am Spieltisch.

Voltaire stand in der Nähe und beobachtete das Spiel. Er sah, daß Émilie verlor und verlor. Er sah, daß sie von den Mitspielerinnen betrogen wurde. Sie hatte schon 100 000 Livres verloren.

Voltaire beugte sich zu Émilie nieder und flüsterte ihr auf englisch zu:

«Hören Sie auf! Wissen Sie nicht, daß Sie mit Betrügerinnen spielen?»

Émilie erschrak. Hatte die Königin, hatten die Herzoginnen Voltaire verstanden?

Auch Voltaire war es auf der Stelle bewußt, daß er sich in schwere Gefahr gebracht hatte. Er sah, daß etliche Umstehende miteinander flüsterten.

Die Königin und die Herzoginnen bewahrten Haltung.

Émilie gab vor, sie fühle sich unpäßlich, und mit Erlaubnis der Königin verabschiedete sie sich. Geistesgegenwärtig sagte sie noch:

«Wir werden Monsieur Richelieu bitten, uns für diese Nacht aufzunehmen.»

Das Schloß des Herzogs von Richelieu lag in der Nähe von Fontainebleau.

Émilie faßte Voltaire am Arm und zog ihn aus dem Saal.

«Wir müssen sofort verschwinden! Wenn die Königin dich verstanden hat, kann die Wache dich jeden Moment arretieren.»

Voltaire geriet in Panik. Er hatte die Königin von Frankreich tödlich beleidigt. Die Rache des Hofes konnte furchtbar sein. Mißhandlungen. Jahre in der Bastille.

Émilie rief eine Mietkutsche herbei. Dem Kutscher sagte sie:

«Nach Paris! Schnell, schnell!»

Mitten in der Nacht, in Essonnes, brach die Kutsche. Die Reparatur dauerte.

Émilie hatte sich unterdessen gefaßt.

Sie sagte:

«Du darfst nicht nach Paris. Und nach Cirey darfst du auch nicht. Du brauchst ein sicheres Versteck.»

Voltaire hatte die rettende Idee:

«Ich gehe nach Sceaux, zur Herzogin von Maine.»

Die Herzogin von Maine, Anne-Louise de Bourbon-Condé, Witwe des Herzogs von Maine, eines illegitimen Sohnes von Ludwig XIV., war eine Verehrerin und Freundin Voltaires.

Nach kurzer Nachtruhe in einem Gasthof an der

Straße fuhr Émilie weiter nach Paris, Voltaire nahm eine andere Kutsche und fuhr nach Sceaux.

Am frühen Morgen kam er am Schloß an.

Er sagte zur Herzogin:

«Madame, verzeihen Sie. Ich komme ohne Einladung. Retten Sie mich!»

«Aber mein lieber Voltaire! Sie sind mir jederzeit willkommen. Was ist geschehen?»

Voltaire berichtete von dem Zwischenfall in Fontainebleau.

Die Herzogin sagte:

«Ich fürchte mich nicht vor Ludwig. Er hat mein Haus zu respektieren.»

Voltaire wurde in einer geheimen Wohnung des Schlosses untergebracht.

Jeden Abend ging er über Treppen und Gänge zum Speisezimmer der Herzogin. Er las ihr nach dem Essen aus seinem *Zadig* vor, an dem er arbeitete.

Die alte Herzogin war von Voltaires Gesellschaft entzückt.

Émilie wagte es nicht, Voltaire zu besuchen oder ihm zu schreiben.

Nach drei Monaten konnte Voltaire das Schloß verlassen.

Émilie hatte ihre Spielschulden beglichen, und bei Hofe hatte man die «Sache» niedergeschlagen.

17.

In Cirey erschien im Januar 1748 der Jesuitenpriester Père Menou, Beichtvater von Stanislaus Leszczyński, und überbrachte eine Einladung an den Hof von Leszczyński, dem früheren König von Polen, Herzog von Lothringen, und dessen Geliebter, Madame de Boufflers, nach Lunéville.

Stanislaus bewunderte Voltaire und konnte die berühmte Émilie schätzen. Er war übrigens der Schwiegervater Ludwigs XV. Von Voltaire versprach er sich Theateraufführungen, Feste, amüsante Tischgesellschaften.

Es gehörte zu den Vergnügungen Voltaires und Émilies, von Cirey an den Hof von Stanislaus Leszczyński in Lunéville zu reisen.

An Madame de Boufflers schrieb Émilie:

«… niemals bleibt eine Liebe zwischen Mann und Frau immer auf der gleichen Ebene. Ach – am Anfang unserer Liebe erreichen wir die höchsten Gipfel ... Die Feuer der Leidenschaft brennen am hellsten auf den Höhen. Doch sie verzehren sich dort auch am schnellsten ... So war es von Anbeginn aller Zeiten zwischen Mann und Frau, und so wird es immer sein ... Verschwindet die Leidenschaft, so kann sie zwischen diesem Mann und dieser Frau nicht von neuem entfacht werden ... Ich habe ... öfter beobachtet, daß der Mann zuerst abkühlt. Ich weiß nicht, warum das so ist, doch ich bin sicher, es ist der Lauf der Welt, der metaphysischen wie der physischen Natur, die den Mann von der Frau unterscheidet.»

Anfang Februar 1748 reisten Voltaire und Émilie nach Lunéville. Sie wohnten im Schloß von Stanislaus Leszczyński, dem «lothringischen Versailles».

Im Dienst Leszczyńskis stand ein junger Offizier, der den Frauen gefiel: Marquis Jean François de Saint-Lambert. Er war 1748 zweiunddreißig Jahre alt, Émilie zweiundvierzig. Ein stattlicher, großgewachsener Mann. Er drängte Émilie, sie ließ sich darauf ein.

Es war keine Liebe.

An Richelieu schrieb Émilie, ihr liebster Freund sei Voltaire, mit dem sie den Rest ihres Lebens verbringen werde, aber ihr Liebhaber sei Saint-Lambert.

Voltaire und Émilie wieder in Cirey.

Im Januar 1749 sagte Émilie zu Voltaire:

«Ich bin schwanger. Von Lambert.»

«Hast du es ihm gesagt?»

«Er ist nicht interessiert.»

«Du mußt es deinem Mann schreiben.»

«Das habe ich getan.»

«Und?»

«Keine Antwort.»

Sie sagte noch:

«Und du?»

Voltaire sagte:

«Laß uns arbeiten.»

Er schrieb an seiner *Histoire de la guerre de 1741*, sie arbeitete an der Übersetzung von Newtons *Principia Mathematica.*

Voltaire fühlte seine Beziehung zu seiner Nichte Louise Denis legitimiert.

Voltaire und Émilie reisten im Frühjahr 1749 wieder nach Lunéville. Stanislaus Leszczyński hatte Émilie erlaubt, ihr Kind im Schloß zur Welt zu bringen. Saint-Lambert kam hinzu, wohnte aber nicht im Schloß.

Im Mai schrieb Friedrich, er erwarte Voltaire Anfang Juli in Berlin.

«Lösen Sie Ihr Versprechen ein. Teilen Sie den Tag Ihrer Abreise genau mit; und will die Marquise du Châtelet mit Ihnen wuchern, so denke ich, mich bezüglich des Preises mit ihr zu einigen und einen ihr genehmen Tageszins zu zahlen für ihren Dichter, für dessen schönen Geist, für dessen ...»

Ende Juli antwortete Voltaire:

«... ich komme; ich habe Ihnen versprochen, daß ich abreise, sobald Madame du Châtelet das Wochenbett hinter sich hat, was wahrscheinlich Mitte oder spätestens gegen Ende September der Fall sein wird.»

Mitte August schrieb Friedrich:

«Seien Sie gewiß, daß ich Sie ungeduldig erwarte ... Nennen Sie mir, ich bitte Sie, die Route, die Sie nehmen werden, und wann Sie an meinen Grenzen eintreffen, auf daß Sie Pferde vorfinden.»

Voltaire antwortete aus Lunéville:

«Madame du Châtelet ist noch nicht niedergekommen; es macht ihr mehr zu schaffen, ein Kind auf die Welt zu bringen als ein Buch.»

Die Übersetzung von Newtons *Principia Mathematica* hatte sie inzwischen abgeschlossen.

18.

Am 4. September 1749 brachte Émilie ein Mädchen zur Welt.

Am 10. September verlor Émilie das Bewußtsein und starb.

Der Marquis du Châtelet, Voltaire und Saint-Lambert waren zugegen.

Voltaire, erschüttert, verließ das Schloß, stolperte, stürzte auf das Pflaster. Saint-Lambert, der ihm gefolgt war, wollte ihm aufhelfen.

Voltaire schrie ihn an:

«Sie haben sie umgebracht!»

Bald nach Émilies Tod starb das Kind.

Voltaire kehrte nach Cirey zurück. Dort half ihm der Marquis du Châtelet, Manuskripte, Bücher, Bilder und Möbel zu packen. Eine Wagenkolonne machte sich auf den Weg nach Paris.

Voltaire richtete sich in der Rue Traversière Saint-Honoré ein.

Seine Nichte, die junge Witwe Louise Denis, zog Weihnachten zu ihm.

Zweiter Teil

1.

1750. Voltaire war als Historiograph und Kammerjunker an den Versailler Hof gebunden. Er suchte bei Hofe um Urlaub nach. Ludwig XV. entließ ihn.

Seine Nichte Louise Denis sollte alle Wechsel verkaufen und ihm nach Preußen folgen. Sie weigerte sich.

Nach Preußen?

Nein!

An den preußischen Hof?

Nein und abermals nein!

Friedrich war übrigens nicht im geringsten daran interessiert, diese Nichte zu sehen.

In Paris ließ Louise Denis verlauten:

«Mein Onkel ist nicht dazu geschaffen, mit Königen zu leben. Sein Charakter ist zu lebhaft, zu inkonsequent, zu eigenwillig.»

Bevor Voltaire Paris verließ, erbat er von Friedrich einen Vorschuß.

> «... ich kann mir weder einen guten Reisewagen leisten noch eine ... Begleitperson, noch kann ich meinen Haushalt während meiner Abwesenheit versorgen, wenn ich nicht wenigstens viertausend deutsche Taler aufbringe.»

Voltaire brauchte den Vorschuß natürlich nicht, aber konnte Friedrich die Zahlung verweigern?

Der Bankier Splittgerber erhielt Ordre, Monsieur Voltaire 16 000 Livres de France nach Paris zu überweisen.

An den Regierungspräsidenten von Kleve, Herrn von Raesfeld, schrieb Voltaire, er werde Anfang Juli in den klevischen Provinzen eintreffen.

Am 25. Juni trat Voltaire die Reise nach Potsdam an. Drei Tage brauchte er bis Compiègne, das achtzig Kilometer nördlich von Paris liegt.

Aus Kleve schrieb Voltaire an Friedrich, sein Wagen sei zu Bruch gegangen und er sei krank. Am 5. Juli reise er aus Kleve ab.

> «Sire, ich eile, ich werde kommen, tot oder lebendig.»

Er bat Friedrich, dem Kommandanten von Lippstadt in Westfalen Ordre für einen Vorspann zu geben; es sei für einen kranken Franzosen, der nur französische Bedienstete habe, schrecklich, mit der Post durch Deutschland zu reisen.

Aus Halberstadt schrieb Voltaire, er harre des Glückes, Halberstadt verlassen zu dürfen.

Endlich, nach strapaziösen Tagen, kam Voltaire am 10. Juli in Potsdam an.

Im Potsdamer Stadtschloß sagte man ihm: «Sie wohnen in der Nähe der königlichen Gemächer. Auch im Schloß zu Berlin.»

Friedrich hatte den Krieg gegen Émilie du Châtelet, den Kampf um Voltaire gewonnen. Voltaire war jetzt bei ihm. Voltaire hatte sich in seine Hand begeben.

Voltaire – besitzen!

Schlesien – besitzen!

Sogar als Sieger über Ludwig XV. mochte Friedrich sich fühlen; er hatte dessen Hofhistoriographen und Kammerjunker für sich gewonnen.

Dabei war es Ludwig XV. leichtgefallen, Voltaire zu verabschieden.

«Ein Verrückter weniger an meinem Hof und einer mehr am Hofe Friedrichs»,

hatte er zu einigen Vertrauten gesagt.

2.

Friedrich gab Voltaire alles nur Mögliche, um ihn zu fesseln und ihm die Niederlage zu versüßen: Er ernannte ihn zu seinem Kammerherrn, verlieh ihm den Orden Pour le mérite, gewährte ihm ein Jahresgehalt von 20 000 Livres, bot ihm freie Wohnung, freie Tafel und eine eigene Equipage. Sogar sagte er Voltaires Nichte Louise Denis, die er gar nicht zu sehen wünschte, eine jährliche Rente von 4000 Livres für den Fall zu, daß sie Voltaires Haushalt in Preußen führe.

An Louise Denis schrieb Voltaire im Oktober:

> «Mein Geschäft ist, nichts zu tun. Ich genieße meiner Muße. Eine Stunde des Tages widme ich mich dem König, um seine Werke in Prosa und Versen ein wenig abzurunden; ich bin sein Grammatiker, nicht sein Kammerherr. Den Rest des Tages habe ich für mich, und der Abend schließt mit einem angenehmen Souper.»

Immerhin konnte Voltaire die Arbeit am *Siècle de Louis XIV* fortsetzen.

Friedrich streichelte Voltaire mit königlicher Samtpfote. Voltaire schien vergessen zu haben, daß es eine Tigertatze war, deren Hieb ihn zerschmettern konnte.

Die Soupers im Marmorsaal des Schlosses Sanssouci.

Unter den Herren der Tafelrunde, die sich von Friedrich hatten gefangennehmen lassen, waren welche, die Voltaire persönlich kannte: Maupertuis, Präsident der Akademie. Graf Francesco Algarotti, Kammerherr, der einst etliche Wochen in Cirey zugebracht hatte als ein Abgesandter Friedrichs.

Friedrich war schon als Kronprinz in Rheinsberg der Neigung gefolgt, seine Gäste zu Zielen verletzender Scherze zu machen. Es war nicht leichtgefallen, gebührende Erwiderungen zu finden, ohne den Kronprinzen zu verärgern. Viel schwieriger war es geworden, dem jungen König respektvoll Paroli zu bieten.

Friedrich nutzte seinen Vorrang schamlos aus. Sein liebstes Opfer war Carl Ludwig Baron von Pöllnitz.

Weil Pöllnitz wegen Krankheit Friedrich auf einer Reise nicht begleiten konnte, wies Friedrich ihn zurecht:

«Konnten Sie Ihrer Krankheit nicht sagen, sie solle warten?»

Nach dem Tode des Barons schrieb Friedrich an Voltaire:

«Der alte Pöllnitz, so wie er gelebt hat, ist er nun gestorben, ... als Spitzbube.»

Er werde von niemandem betrauert als von seinen Gläubigern.

Zur Tischgesellschaft in Sanssouci gehörten auch Julien Offray de La Mettrie, Philosoph, der «Maschinen-Mensch»; Jean-Baptist de Boyer, Marquis d'Argens, Direktor der Philosophischen Klasse der Akademie; Egmont Graf von Châsot, Oberstlieutenant; Viscount Tyrconnel, französischer Botschafter; Claude Etienne Darget, Vorleser und Sekretär Friedrichs; die Brüder Keith – James, Feldmarschall, und George, Lordmarschall; Christoph Ludwig von Stille, General; Friedrich Rudolf Graf Rothenburg, Generallieutenant.

An der Tafel galt Voltaire selbst als König – der König des Geistes.

3.

Voltaire hatte frühzeitig gewußt, daß er finanziell unabhängig sein mußte, wenn er schreiben wollte, wie es ihm gefiel.

> «Ich habe so viele arme und verachtete Schriftsteller gesehen, daß ich schon vor langer Zeit beschlossen habe, ihre Zahl nicht auch noch zu erhöhen.»

Bevor Voltaire im Mai 1726 nach England ging, legte er Geld in Pariser Kommunalobligationen an. Die Stadt kam aber ihren Verpflichtungen nicht nach.

Voltaire sagte:

> «Ich habe das Pech gehabt, daß ich alle meine Jahresrenten an das Rathaus verlor ...»

Später wollte die Stadt die Besitzer von Obligationen entschädigen. Der Generalkontrolleur der Finanzen, Michel Robert Le Peletier des Forts, gab Lotteriescheine aus, die die geschädigten Besitzer städtischer Schuldverschreibungen kaufen konnten. Pro Nennwert von 1000 Livres Schuldverschreibung kostete ein Los einen Livre. Die Losverkäufe und hohe Regierungszuschüsse finanzierten die Gewinne. Jeden Monat fand eine Ziehung statt.

1729, nach der Rückkehr aus England, beriet sich Voltaire mit dem Mathematiker Charles Marie de La Condamine.

Sie fanden schnell heraus, daß die Gewinne aus einer monatlichen Ziehung größer waren als die Kosten aller Lotteriescheine. Es mußten nur einige geschädigte Leute gefunden werden, die zum Kauf von Losen berechtigt waren.

Voltaire fand solche Leute. Sie kauften sämtliche Lotteriescheine einer bevorstehenden Ziehung und teilten sich den Gesamtgewinn.

Voltaire gewann eine halbe Million Livres.

Zu dem Vermögen und den Zinsen kamen zwar Einnahmen, die seine Bücher und die Aufführungen seiner Stücke erbrachten, ferner Zinsen für Darlehen, die er an Freunde vergab, sodann Gewinne aus der

Papierfabrik des Sieur Dumoulin und aus der Lieferung von Lebensmitteln an die französische Armee. Dazu seit 1750 das Jahresgehalt, das Friedrich ihm gewährte – 20 000 Livres, umgerechnet 5000 Taler.

Aber Voltaire trachtete danach, in Preußen weitere Einkünfte zu erlangen.

Kurz nach seiner Ankunft lernte er Abraham Hirschel, preußischer «Schutzjude», kennen, der ein Juweliergeschäft in der Berliner Heiligengeiststraße besaß. Im November hatte er von Hirschel Diamanten bekommen, die er als Darsteller des Cicero bei einer Aufführung seiner Tragödie *Rome sauvée* für den Bruder Friedrichs, Prinz Heinrich, trug.

Womöglich hatte Hirschel ihm von günstigen Geschäften erzählt, die mit sächsischen Steuerscheinen zu machen seien. Diese Steuerscheine hatten in Sachsen beträchtlich an Wert verloren, mußten aber preußischen Untertanen zum Nennkurs ausgezahlt und verzinst werden. Das sah der Artikel 10 des Dresdner Friedensvertrages zwischen Preußen, Österreich und Sachsen vom 25. Dezember 1745 vor.

Voltaire erteilte Hirschel den Auftrag, sächsische Steuerscheine – Staatsanleihen – aufzukaufen.

Allerdings – Voltaire war kein preußischer Untertan; er hoffte nur auf seinen Status als Schützling Friedrichs.

Und: Der schwunghafte Handel, den geschäftstüchtige Preußen jahrelang mit den sächsischen Wertpapieren getrieben hatten, war schließlich durch königlichen Erlaß vom 8. Mai 1748 verboten worden.

Voltaire ignorierte das Verbot.

Er rechnete sich einen guten Gewinn aus und übergab Hirschel fünf Wechsel über insgesamt 10 000 Taler. Als Pfand hinterlegte Hirschel bei Voltaire eine Reihe von Diamanten. Hirschel schickte die Wechsel an seinen Geschäftspartner, den Bankier Hohmann in Leipzig, und reiste nach Dresden. Hohmann legte 8000 Taler für Hirschel beiseite und schickte ihm nach Dresden 2000 Taler. Die Wechsel übersandte er dem Pariser Bankhaus Lourtan et Baur. Sie lauteten auf den Namen des Notars Delaleu, dem das Bankhaus sie präsentierte.

Voltaire hatte Hirschel aufgetragen, die Steuerscheine zum Preis von 65 Prozent einzukaufen. Hirschel meldete nach Berlin, sie seien nur zu 70 Prozent zu bekommen und bald wohl nur noch zu 75 Prozent.

Friedrich erfuhr am 29. November von dem Handelsplan und zeigte sich empört.

Hirschel schickte Voltaire keine Steuerscheine.

Voltaire wies Delaleu in Paris an, seine Wechsel nicht auszuzahlen.

Am 13. Dezember kam Hirschel aus Dresden zurück.

Er schrieb Voltaire, der sich in Potsdam aufhielt, er habe keine Steuerscheine kaufen konnen.

In Berlin verlangte Voltaire von Hirschel seine Wechsel zurück. Im Gegenzug wollte er Hirschel die als Pfand hinterlegten Diamanten zurückgeben.

Aber Hirschel weigerte sich, die Diamanten anzunehmen. Er behauptete, Voltaire habe einige Diamanten mit wertlosen Fälschungen vertauscht.

Ende Dezember erhob Voltaire Klage gegen Hirschel. Er legte dar, daß er von Hirschel fasciniert worden sei, sich mit ihm auf Geschäfte einzulassen, und klagte auf Herausgabe aller Aufträge und Wechsel und auf die Taxierung der Pretiosen, die er von Hirschel bekommen hatte.

Der Prozeß zog sich hin.

Voltaire fühlte sich krank und ließ Friedrich darum bitten, zur Erholung für einige Zeit in dem Landhaus des Marquis d'Argens vor den Toren Potsdams wohnen zu dürfen.

Friedrich gestattete es nicht.

4.

Das Gerichtsurteil erging am 18. Februar 1751: Hirschel habe die Wechsel an Voltaire zurückzugeben, Voltaire die Juwelen an Hirschel.

Eine Woche später unterzeichneten Voltaire und Hirschel einen entsprechenden Vergleich.

Noch während des Prozesses hatte man in allen Zeitungen von dem Rechtsstreit lesen können.

Friedrich hatte gefürchtet, die Sache schade seinem Ruf. Denn über Voltaire war gesagt worden:

«Das also ist der Mann, den der König ehrt!»

Friedrich war drauf und dran, Voltaire als Kammerherrn zu entlassen.

Eine unrühmliche Rolle spielte ein einundzwanzigjähriger Studiosus namens Lessing, der einige Eingaben Voltaires an das Gericht ins Deutsche übersetzt und Voltaire gelegentlich als Dolmetscher gedient hatte.

Über den Ausgang des Prozesses verfaßte Lessing ein Epigramm, dessen letzte Zeilen lauten:

«Und kurz und gut den Grund zu fassen,
Warum die List
Dem Juden nicht gelungen ist,
So fällt die Antwort ungefähr:
Herr V. war ein größ'rer Schelm als er.»

Es hätte Friedrich als König und Freund gut zu Gesicht gestanden, Voltaire den unglücklichen Versuch einer Spekulation zu verzeihen.

Aber statt königlich-freundschaftlicher Nachsicht am 24. Februar ein Brief von Friedrich. Der ruhmsüchtige Räuber, der den Österreichern Schlesien gestohlen hatte, kanzelte Voltaire, den «französischen Vergil», den «geistreichsten Mann Frankreichs», ab wie einen Schuljungen:

«Sie haben den elendesten Handel von der Welt mit dem Juden gehabt. Sie haben das abscheulichste Aufsehen in der ganzen Stadt gemacht. Die Affaire mit sächsischen Wertpapieren ist in Sachsen so bekannt, daß man schwere Klagen darüber bei mir vorgebracht hat. Ich habe bis zu Ihrer Ankunft Frieden in meinem Hause gehabt, und ich warne Sie: wenn Sie die Leidenschaft zu kabalieren und zu intriguieren haben, so sind Sie bei mir an der falschen Adresse … Wenn Sie … mit aller Welt Streit anfangen, so machen Sie mir mit Ihrem Besuch kein Vergnügen, und Sie können ebenso gut in Berlin bleiben.»

Voltaire mußte zu Kreuze kriechen. Er antwortete:

«Alles reiflich überlegt, habe ich einen schweren Fehler begangen, mit einem Juden zu prozessieren, und ich bitte Eure Majestät, Eure Philosophie und Eure Güte herzlich um Verzeihung. Ich war gereizt, ich hatte die Manie, beweisen zu wollen, daß ich betrogen war. Ich habe es bewiesen … Ich habe Ihnen mein Leben geweiht … Haben Sie Mitleid mit Bruder Voltaire …»

Am 28. Februar schrieb Friedrich aus Potsdam:

«Wenn Sie hierher kommen wollen, so steht es bei Ihnen …»

Friedrich hatte Voltaire unterdessen erlaubt, das Landhaus des Marquis d'Argens zu beziehen.

Die Vossische und die Haude-Spenersche Zeitung meldeten am 9. März, Voltaire habe in Potsdam das Marquisat bezogen.

5.

La Mettrie, der Freund und Vorleser, sagte gelegentlich zu Friedrich, die Gunst, die er Voltaire erweise, rufe bei Hofe Eifersucht und Neid hervor.

Friedrich antwortete:

> «Lassen Sie nur. Ich brauche ihn höchstens noch ein Jahr. Man preßt eine Orange aus und wirft die Schale weg.»

Voltaire sagte, diesen Satz habe ihm La Mettrie persönlich hinterbracht. Er wollte La Mettrie später noch einmal befragen, aber La Mettrie starb bald darauf nach einem Diner bei dem französischen Botschafter Tyrconnel; er hatte eine ganze Trüffelpastete verschlungen, die vielleicht verdorben gewesen war.

Den Satz von der Orange konnte Voltaire nicht vergessen.

Er schrieb seiner Nichte Louise Denis:

«Ich träume noch immer von der ausgepreßten Orange. Ich versuche, nicht daran zu glauben, aber ich fürchte, es geht mir wie den Hahnreien, die sich zu dem Gedanken zwingen, daß ihre Frauen sehr treu sind. Im Herzensgrund spüren die Ärmsten etwas, das ihnen ihr Unglück weissagt.»

Voltaire sagte, er müsse die Orangenschalen in Sicherheit bringen, und steckte sein Geld, das er zur Hand hatte, in Landgüter des Herzogs von Württemberg, die in Frankreich lagen.

Friedrichs General Christoph Hermann von Manstein, 1711 in Petersburg geboren, war 1745 in die preußische Armee eingetreten, obwohl ihm der Abschied aus russischen Diensten verweigert worden war. Er schrieb an seinen Denkwürdigkeiten über die Zustände in Rußland und bat Voltaire um grammatische Hilfe. Mitten in einer Besprechung mit Manstein wurde Voltaire ein Manuskript Friedrichs zur sprachlichen Prüfung gebracht.

Voltaire unterbrach das Gespräch mit Manstein.

Er sagte:

«Sie sehen, mein lieber General, erst muß ich die schmutzige Wäsche des Königs waschen; dann mache ich mich an die Ihrige.»

6.

Der Kammerdiener Friedrichs, Michael Fredersdorf, war seit längerem krank. Er litt an Hämorrhoiden.

Friedrich, der sich um alles kümmerte, kümmerte sich um die Hämorrhoiden von Fredersdorf. Sein Leibarzt, Dr. Cothenius, mußte Fredersdorf behandeln.

Im August 1750 schrieb Friedrich an Fredersdorf. Fredersdorf sprach nicht Französisch. Deshalb schrieb Friedrich in seinem Deutsch:

> «Es ist Sehr unangenehm, Krank zu seindt und zu leiden, aber wenn Kein ander Mitel, als gedult, so mus Man es doch ergreifen! Du wirst gewise beser werden und in erträglichere umbstände Komen. allein wenn Du bei Deinem paroxismus ein-mahl hitzige medecine ein-nimmst, so ist es aus und Kann Dier Keiner helfen. habe

mehr gedult, und nehme mahl 3 monaht nichts, als wenn es Cothenius guht findet. ich wette, Du wirst weiter Kommen, als wie mit alle die neue Docters. so wie es ohnmöchlich ist, daß eine Kirsche in einen Tag blühet und reife wirdt, so ohn-möglich Kann man Dihr in 4 Wochen gesundt machen …

Fch»

Friedrich war besorgt. Der Zustand seines Kämmerers Fredersdorf hatte sich verschlechtert. Er hatte der unseligen Neigung nicht widerstehen können, außer dem Leibarzt des Königs, Dr. Cothenius, anderen Ärzten sich anzuvertrauen.

Im September 1751 schrieb Friedrich an Fredersdorf:

«Es thut mihr Leidt, daß Es sich mit Dihr verschlimert hat. Brauche doch um gotswilen nicht alle die … charlatans, die Du antrifst. das ist das beste mitel, umb Dier ums Leben zu bringen. weis der teüfel, was dem Italiener vohr ein Mensch ist! … mein Raht wäre, Du … hilst Dihr an Cotenius.

gotbewahre Diehr …

Fch»

Friedrich hielt nicht viel von Ärzten. Dr. Cothenius ließ er gelten. Von seinem eigenen medizinischen Wissen hielt er viel.

Schon im November schrieb er wieder an Fredersdorf:

«man Kan nun Clar aus deine umbstände sehen, daß, was dihr die heftige zufälle veruhrsachet hat, eintzig von denen Hemeroiden herrühret. allso mus Cothenius jetzunder Küllende mitel gebrauchen, umb das geblüht zu besenftigen, bis die tzeit vorbei ist. und ist desto ehr zu glauben, daß es von efect seindt wirdt, weillen das aderlasen das geblüht schon besenftiget hat … gotbewahre Dihr! nim dir wohl in acht, und lasse den alten Sorgen!

Fch»

Noch einmal im November:

«wenn Du nuhr dießen Monat mit dießen letzten Fieber und Incomoditéten durch-Kömst, so ist Schon guht … hoffe ich, daß allgemählich die Schlimsten zufälle wekbleiben werden und die Nathur mehr Stärke bekomen wirdt, auch das geblühte sich dehr-mahsen besseren, daß die

Materie gelinder und also die wunde sich wirdt heillen Können.

Gott bewahre Dihr!...

Fch»

Im Dezember:

«... ich bitte Dich nuhr umb, den Mohnaht so viehl möchlich Tisane und dergleichen mitel zu gebrauchen, die das geblüht versüßen; so habe ich alle guhte hoffnung...

gottbewahre!

Fch»

Und noch einmal:

«es thuet mihr leidt, daß Du wieder Fiber hast. ich besorge, du hast es Dihr zu-getzogen durch verkältung...

gottbewahre! und nim Dihr Wohl in acht!

Fch»

Im Dezember 1751 war Voltaires großes Geschichtswerk *Siècle de Louis XIV* bei der königlichen Druckerei C.f. Henning in Berlin erschienen. Voltaire hatte das ganze Jahr daran gearbeitet.

Im Januar 1752 ging es Fredersdorf so schlecht, daß Friedrich um das Leben seines Kämmerers fürchtete.

Vor wenigen Wochen erst war der enge Vertraute Friedrichs, Graf Rothenburg, verstorben. Friedrich war untröstlich.

Friedrich Graf von Rothenburg, Generalleutnant, bewährt in den Schlesischen Kriegen und als Diplomat des Königs. In den Sommermonaten hatte Rothenburg stets das fünfte Gästezimmer des Schlosses Sanssouci im westlichen Rundbau bewohnt.

Am Tag nach Rothenburgs Tod schrieb Friedrich an seine Schwester Wilhelmine nach Bayreuth:

> «Gestern ist Rothenburg in meinen Armen gestorben … Ich sehe nichts als meinen Schmerz, alle meine Gedanken haften an dem Verlust eines Freundes, mit dem ich zwölf Jahre in einer vollendeten Freundschaft gelebt habe.»

Gestorben auch die beiden anderen Freunde: Étienne Jordan und Dietrich von Keyserlingk.

Jordan, seit 1736 Sekretär und Bibliothekar des Kronprinzen in Rheinsberg, Vorleser Friedrichs. Nach dessen Thronbesteigung Kurator der preußischen Universitäten. Im Mai 1745 verstorben.

v. Keyserlingk, Offizier, seit 1729 Gesellschafter des Kronprinzen, Vertrauter in Rheinsberg. Nach der

Thronbesteigung Friedrichs Ernennung zum Generaladjutanten. Verstorben im August 1745.

Und Duhan, Charles Egide. Vom König Friedrich Wilhelm I. zum Erzieher seines Sohnes Friedrich bestimmt. In der Folge der Fluchtpläne Friedrichs 1730 in Ungnade gefallen. Nach der Thronbesteigung Friedrichs Geheimrat für Auswärtiges und Ehrenmitglied der Akademie. Im Januar 1746 verstorben.

Sollte Friedrich jetzt Fredersdorf verlieren, den Vertrauten seit Küstriner Tagen, den Kammerdiener in Rheinsberg, der ihm seit der Thronbesteigung treulich diente als Camérier und Obertrésorier?

Friedrich am 24. Januar:

> «wenn ein Mitel in der welt währe, Dihr in zwei minuten zu helffen, so wollte ich es Kaufen; es Mögte auch So theuer seindt, wie es immer Wollte. allein nun, lieber fredersdorf, du hast 30 Docters probiret! sie haben Dihr ehr verschlimert …
>
> Cothenius hat mihr noch … versichert, daß er alle hoffnung hätte, Dihr durchzu-bringen. wüste ich einen besseren Docter, ich wolten Dihr gleich schiken …
>
> gottbewahre!
>
> Fch»

Und Anfang Februar:

«... Deine umbstände seindt so schlecht, daß ohne eine große Diete Dihr ohnmöglich Kann geholffen werden. Das vornehmste ist, des Morgens den Schweis abzuwarten und solchen zu beföhrdern, darnach Keine unverthauliche oder Saltzige speisen zu Essen, nicht zu Schreiben noch zu arbeitten, bis die Kräfte datzu volkomen wieder dahr-seindt, Keine fremde Medecin noch injections oder bougis, sie mögen nahmen haben wie sie wollen, zu gebrauchen ...

Gottbewahre!

Fch»

Am 22. Februar:

«ich habe mihr So vihl mühe gegeben, Deine krankheit aus-zu-Studiren, und glaube, daß ich sie nuhn recht guht Kene. ich habe mit Cothenius alles abgeredet, was gebraucht wirdt. aber es Kann nicht Nathürlich zugehen, daß das fiber solange anhält. also Kome ich auf die gedanken, daß du dihr nicht in acht nimmst, entweder die Medecin nicht ordentlich gebrauchst, oder Sonsten auch exsesse in Diet machest.

ich habe gemeinet, du häst mihr lieb und wirst mihr nicht den chagrin machen, Diehr umbs leben zu bringen ... besine Dihr Rohtenburg, der Sich Selbst umb das leben brachte und Sich das podagra mit ungerschen Wein und einen hitzigen Suppe ins leib jak ...

gottbewahre! ...

Fch»

Im Frühjahr besserte sich Fredersdorfs Gesundheitszustand allmählich.

Friedrich beschränkte sich auf Ermahnungen.

«Cothenius ist im Grunde der Sellen böße über alle die fremden Docters. er saget, die haben bei Dihr alles verdorben ...»

«... Du fängst zu früh wieder an zu arbeiten! Du must nohtwendig erst Kräfte Samlen, sonsten Könstu Dihr Mit das Schreiben wieder fiber zuwege bringen ...

Schlafe des Tages eine halbe oder gantze Stunde ... und lasse Dihr guhte Supen Machen, ohne gewürtz, aber Consomés.»

In diesem Jahr begann der Dresdner Verleger und

Hofbuchhändler Georg Conrad Walther mit einer Voltaire-Werkausgabe *Œuvres de M. de Voltaire*, nachdem bereits 1751 bei Lambert in Paris eine 11bändige Ausgabe erschienen war.

Im Oktober schloß Voltaire die *Histoire de la guerre de 1741* ab.

7.

Pierre-Louis Moreau de Maupertuis, Mathematiker und Astronom, der im Auftrag der Académie des Sciences 1736 eine Lappland-Expedition unternommen hatte, auf der er durch Gradmessungen längs des Meridians die Abplattung der Erde nachwies, war seit 1746 Präsident der Königlich-Preußischen Akademie der Wissenschaften in Berlin.

In seiner Schrift *Essai de cosmologie* wollte er das Prinzip der kleinsten Wirkung, Principe de la moindre quantité d'action, entdeckt haben. Die Natur begnüge sich bei jeglicher Bewegung mit dem kleinsten Aufwand an Kraft, also äußerst sparsam. *Loi d'espargne* nannte er das, Gesetz der Sparsamkeit.

Aber Samuel König, Mathematiker, Bibliothekar des Prinzen von Oranien im Haag, widersprach. Seiner Erwiderung im März-Heft 1752 der Leipziger *Acta Eruditorum* fügte er einen Auszug aus einem Brief von Leibniz aus dem Jahr 1707 bei:

«Ich habe bemerkt, daß in den Modifikationen der Bewegung die Wirkung (l'action) gewöhnlich ein Maximum oder ein Minimum wird.»

Voltaire meinte, Maupertuis, der Friedrichs Satz über die Orange kannte, habe zu Friedrich gesagt, Voltaire finde die königlichen Verse schlecht.

«Ich merkte, daß seit dieser Zeit die Soupers des Königs nicht mehr so lustig waren; ich bekam weniger Verse zu korrigieren; die Ungnade war vollkommen.

Algarotti, Darget und ... Châsot, einer seiner besten Offiziere, verließen ihn alle auf einmal. Ich schickte mich an, das gleiche zu tun. Aber vorher wollte ich mir noch das Vergnügen bereiten, mich über ein Buch lustig zu machen, das Maupertuis soeben hatte drucken lassen ... Der Gute schlug allen Ernstes vor, ... Köpfe von Riesen zu sezieren, um aus ihren Gehirnen die Beschaffenheit der Seele zu erkennen; eine Stadt zu erbauen, in der nur Latein gesprochen werden sollte; ein Loch bis zum Mittelpunkt der Erde zu graben; Krankheiten durch Einreiben von Pechharzen zu heilen; und schließlich: durch Seelenverzückung die Zukunft vorauszusagen.

Es spielte sich damals aber eine ernsthaftere

Szene ab wegen irgendeines mathematischen Unsinns, den Maupertuis als Entdeckung ausgeben wollte.»

Das «Gesetz der Sparsamkeit» war kein Gesetz.

Maupertuis, anstatt zu schweigen, trachtete danach, Samuel König zum Schweigen zu bringen. Er forderte von ihm namens der Akademie das Original des Leibnizschen Briefes. Samuel König besaß nur die Abschrift, aus dem Besitz von Samuel Henzi in Bern.

Am 13. April 1752 ließ Maupertuis die Akademie-Mitglieder urteilen, die Abschrift des Leibnizschen Briefes sei gefälscht.

Urteil über Monsieur König, das ihn für schuldig erklärt: Er habe den Ruhm des Sieur Moreau de Maupertuis durch einen gefälschten Brief angetastet.

Samuel König sollte aus der Liste der Akademie-Mitglieder gestrichen werden.

Das Urteil war von dem Mathematiker Leonhard Euler und dem *secrétaire perpétuel* der Akademie, Jean Henri Samuel Formey, unterschrieben. Und auch von Johann Georg Sulzer, dem Schweizer Philosophen und Pädagogen. Euler hatte das Urteil in der Akademie-Sitzung vorgetragen. Ob aber Euler von einer Fälschung des Leibniz-Briefes überzeugt war, kann bezweifelt werden.

Übrigens waren nur Euler und Maupertuis sachverständig; als Ankläger hätten sie sich gar nicht am Urteil beteiligen dürfen.

Sulzer erkühnte sich zu reden: Er könne das, was Herr Euler vorgetragen, weder billigen noch ein so unregelmäßiges Verfahren unterschreiben.

Er erklärte später, zwar stehe sein Name in der Liste der Richter, aber er habe keinen Anteil daran.

Es hatte genügt, daß Sulzer sich vergaß, und Maupertuis trug Sorge, daß Sulzer seiner Akademie-Pension verlustig ging.

Samuel König kam dem Akademie-Ausschluß zuvor; er schickte Maupertuis das Mitglieds-Patent zurück.

Vor Jahren war König Voltaires und Émilies Gast in Cirey gewesen; er hatte Émilie in Mathematik unterrichtet.

Voltaire schrieb:

«In Berlin zuckte man bloß die Schultern, denn da Friedrich in dieser unglückseligen Angelegenheit Partei ergriffen hatte, wagte niemand etwas zu sagen; ich war der einzige, der die Stimme erhob. Samuel König war mein Freund; ich hatte das Vergnügen, mit der Angelegenheit eines Freundes die Freiheit der Schriftsteller zu verteidigen … Wenige Schriftsteller halten es so.

> Die meisten sind arm, und Armut schwächt den Mut …»

Voltaire trat an Samuel Königs Seite und verteidigte ihn in einem anonymen Artikel der *Bibliothèque Raisonnée* vom 18. September: *Antwort eines Berliner Akademikers an einen Pariser Akademiker – Réponse d'un académicien de Berlin à un académicien de Paris*, worin er schrieb:

> «Mehrere Mitglieder der Akademie haben gegen ein so schreiendes Verfahren protestiert und würden die Akademie verlassen, wenn sie nicht fürchteten, dem Könige, ihrem Beschützer, zu mißfallen.»

Friedrich, dem Protecteur des Monsieur de Maupertuis, fiel nichts Besseres ein, als seinem Akademie-Präsidenten beizuspringen mit einer anonymen Streitschrift: *Brief eines Berliner Akademikers an einen Pariser Akademiker – Lettre d'un académicien de Berlin à un académicien de Paris*. Er wußte natürlich, wer der Anonymus der *Réponse* war, schmeichelte seinem Schützling Maupertuis und griff Voltaire beleidigend an:

> «Dieser armselige Autor einer böswilligen Schrift, dieser talentlose Libell-Schreiber und verächtliche Feind eines verdienstvollen Namens!»

Jetzt gab es für Voltaire kein Halten mehr. Er antwortete mit einer Spottschrift, seinem *Pamphlet des Doktor Akakia, Arzt des Papstes – Diatribe du Docteur Akakia, médecin du pape.*

Zu Beginn der *Diatribe* findet sich das Dekret des Inquisitors namens Pancratius, der in den *Lettres* von Maupertuis verdammenswerte häretische Sätze aufgespürt hat. Es wird von einer Kommission des Collegium Sapientiae ein Gutachten eingeholt, das die physikalischen, mathematischen, dynamischen und metaphysischen Theorien Maupertuis' der allgemeinen Lächerlichkeit preisgibt.

In später hinzugekommenen Teilen der *Diatribe* schließen Maupertuis und Samuel König einen Friedensvertrag.

Unter Punkt 11 heißt es:

> «Hinsichtlich des Lochs, das wir bis zum Mittelpunkt der Erde bohren wollen, so sehen wir jetzt formell von diesem Unternehmen ab; denn obzwar die Wahrheit bekanntlich auf dem Grunde des Brunnens zu finden ist, würde doch

dieser Brunnen zu schwierig zu bauen sein. Die Arbeiter, die am Turm zu Babel gebaut haben, sind tot. Außerdem will kein Herrscher mit unserem Loch etwas zu tun haben, weil die Öffnung etwas zu groß wäre; man müßte zumindest ganz Deutschland ausgraben, was einen bemerkenswerten Schaden für das europäische Gleichgewicht bedeuten würde. Lassen wir also das Antlitz der Erde so, wie es ist; seien wir allemal vorsichtig, wenn wir graben wollen, und bleiben wir lieber an der Oberfläche der Dinge.»

Dem Friedensvertrag folgt eine Erklärung von Samuel König, die der Akademie-Sekretär vorträgt.

Darin heißt es:

«Um den Vergleich der streitenden Parteien zu erleichtern, übergeht der Herr Professor das Prinzip des Herrn Präsidenten, ‹daß ein Schriftstück, dessen Original nicht beizubringen ist, ein gefälschtes Dokument ist›; es soll daran nicht die Vermutung geknüpft werden, daß der Herr Präsident etwa auch Zweifel an den Büchern unserer heiligen Religion hege …»

Voltaire las Friedrich das Manuskript der *Diatribe* vor. Friedrich mußte seinen Akademie-Präsidenten verteidigen und befahl Voltaire:

«Verbrennen Sie Ihr Pamphlet!»

Im Schloß, im Zimmer des Königs, wurde die *Diatribe* vor Voltaires Augen ins Feuer geworfen.

Voltaire konnte sich in diesem Moment an keine schlimmere Demütigung erinnern.

Allerdings – Voltaire hatte die *Diatribe* ohne königliche Druckgenehmigung schon drucken lassen und genügend Exemplare nach Sachsen expediert.

Als Friedrich erfuhr, daß die *Diatribe* bereits gedruckt war, ließ er die Exemplare, die in der Druckerei zu finden waren, beschlagnahmen.

Friedrich befahl, das Buch zu zerreißen und öffentlich zu verbrennen.

So geschah es.

Am Weihnachtstag 1752 wurde die *Diatribe* auf dem Berliner Gendarmenmarkt dem Feuer übergeben.

In der Spenerschen Zeitung vom 26. Dezember stand zu lesen:

«Nachmittags ward auf den vornehmsten Plätzen dieser Residenzien eine schändliche Lästerschrift, die den Titel Diatribe führt, für deren Verfasser man den Herrn Voltaire hält und welche wider den Präsidenten der Akademie, Herrn von Maupertuis, gerichtet ist, durch die Hände des Henkers öffentlich verbrannt.»

Voltaire sagte über Friedrich:

«... da seine Devise war: Nur keinen Lärm, es sei denn, ich mache ihn selber –, ließ er alles, was über diese Sache geschrieben worden war, verbrennen, ausgenommen seine eigene Schrift.»

Voltaire war in Gefahr. Er wollte fort.

«Ich denke nur daran, ehrlich zu desertieren.»

8.

Am 1. Januar 1753 schickte Voltaire seinen Orden und seinen Kammerherrn-Schlüssel an Friedrich zurück. Aber schon in der nächsten Stunde kam Friedrichs Vertrauter und Geheimer Kämmerer, Michael Fredersdorf, und gab Voltaire Orden und Schlüssel wieder.

> Friedrich «unternahm alles, um mich zu halten … Der König wünschte, daß ich mit ihm soupierte; so hatte ich ein letztes Damokles-Souper. Danach zog ich ab mit dem Versprechen wiederzukommen und mit dem festen Vorsatz, ihn in meinem Leben nicht wiederzusehen.»

Voltaire wollte einen würdigen Abschied. Nicht nach Flucht oder Entlassung sollte es aussehen. Er bat Friedrich um Urlaub für eine Kur in Plombières.

Am 16. März Friedrichs letztes Wort:

«Es war nicht nötig, daß Sie Ihr Bedürfnis nach einer Brunnenkur in Plombières vorschützten, um Ihren Abschied von mir zu erbitten. Sie können meinen Dienst verlassen, wann Sie wollen, aber lassen Sie mir vor Ihrer Abreise Ihren Dienstvertrag, Kreuz und Schlüssel und den Gedichtband zurückbringen, den ich Ihnen anvertraute.»

Am 26. März reiste Voltaire von Berlin nach Leipzig.

Den Orden Pour le mérite, den Kammerherrn-Schlüssel, vertrauliche Briefe Friedrichs und einen friderizianischen Gedichtband hatte er behalten. Diesen Gedichtband hatte Friedrich 1752 für den engsten Kreis seiner Vertrauten drucken lassen. Voltaire meinte, der Gedichtband stehe ihm zu angesichts der zahlreichen stilistischen Hilfen, die er Friedrich geleistet hatte.

Voltaire hielt sich noch in Leipzig auf, wo er Johann Christoph Gottsched und den Verleger Bernhard Christoph Breitkopf besuchte, als Friedrich – am 11. April – Vorsorge traf, Voltaire das Ordenskreuz, den Kammerherrn-Schlüssel, die Briefe und den Gedichtband abzujagen.

Ein solcher Befehl erging an den preußischen Residenten bei der Reichsstadt Frankfurt, Kriegsrat Franz von Freytag.

Am 12. April bat Friedrich auch seine Schwester Wilhelmine in Bayreuth, Voltaire diese Sachen von einem königlichen Beauftragten abnehmen zu lassen.

Voltaire mied aber auf der Weiterreise den Bayreuther Hof.

Mitte April traf Voltaire in Gotha ein – als Gast am Hofe der Herzogin Luise Dorothea von Sachsen-Gotha-Altenburg. Er nannte sie

> «die beste, gütigste, verständigste, ausgeglichenste Fürstin der Erde, die, gottlob, keine Verse machte.
>
> Dann verbrachte ich einige Tage auf dem Gut des Landgrafen von Hessen in Kassel, dem die Poesie noch ferner stand als der Herzogin von Gotha. Ich atmete auf. Gemächlich setzte ich meinen Weg nach Frankfurt fort.»

Am 30. Mai kam Voltaire in Frankfurt an. Er nahm Quartier im Gasthaus Zum Goldenen Löwen.

9.

Friedrichs Befehl vom 11. April an den preußischen Residenten in Frankfurt, Kriegsrat Freytag, lag vor.

Geschrieben von Michael Fredersdorf, dessen Versuche, sich seiner deutschen Muttersprache zu bedienen, in den Anfängen steckengeblieben waren:

«‹Seine Königliche Majestät machen bekannt, wie dass der Voltaire mit ehsten Frankfurt am Main passiren wird, als ist Seiner Königlichen Majestät Befehl, dass er sich mit Zuziehung des dortigen Hofrath Schmid zu ihm verfügen, den Voltaire im Namen Seiner Königlichen Majestät den Kammerherrenschlüssel wie auch das Kreuz und Band pour le mérite abfordern, und da auch der Voltaire alle seine von hier abgehende Pakete und Emballagen dorthin adressiret, worunter von seiner Königlichen Majestät höchst eigenen Händen viele Briefe und Skripturen sich befinden werden, als sollen gedachte Pakete und Emballagen, auch seine bei sich habenden Chatullen in Ihrer Gegenwart geöffnet werden, und alles Beschriebene abgenommen werden, ingleichen ein Buch, welches Einlage besaget. Da aber dieser Voltaire sehr intrigant, als haben Sie beiderseits alle Präkaution zu nehmen, dass er Ihnen nichts verhehlet und unterschläget. Nachdem alles wohldurchgesucht und in Empfang genommen worden, so muss es gut eingepakt werden und an mir nach Potsdam gesandt werden. Allenfalls er sich mit Gutem Obiges nicht wollte abnehmen lassen, soll er mit Arrest bedrohet werden, und so dieses nicht helfen möchte, muss er wirklich arretirt werden, und ohne Komplimente Alles genommen, ihn aber alsdann reisen lassen. Ich bin Euer wohl affektionirter›

Unterschrift: Frch.»

Fredersdorf hatte es aber versäumt, dem Befehl die «Einlage» anzufügen.

Kriegsrat Freytag fragte nach und erhielt einen zweiten Befehl vom 29. April, geschrieben von Fredersdorf, unterzeichnet von Friedrich:

«Seine Königliche Majestät geben zur gnädigsten Antwort, dass, wann der Voltaire Frankfurt passiren sollte, es bei dem ersten Schreiben bleiben soll. Sollten seine Emballagen schon durch sein, so soll er so lange arretirt sein, bis er alle Königlichen Manuskripte ausgeliefert, und muss er seine Emballagen lassen zurückkommen, damit Sie es beide sehen. Das Buch, welches hauptsächlich mit retour kommen soll, ist benannt Oeuvres de Poesie.»

Dieser zweite Befehl machte Freytag nicht schlauer. Zuerst hatte es geheißen, er solle Voltaire «alles Beschriebene» abnehmen, nun hieß es: «alle Königlichen Manuskripte».

Freytag konnte sich keinen Vers auf die *Œuvres de poésie* machen. Es stand nicht im Befehl, ob es sich um gedruckte oder handschriftliche Œuvres handelte und wer ihr Verfasser war.

Vom preußischen Residenten Freytag sagte Voltaire später, dieser sei aus Dresden verbannt worden, wo man ihn an den Pranger gestellt und zum Karrenziehen verurteilt gehabt hätte; in Frankfurt sei er Agent des Königs von Preußen geworden. Der zweite königliche Beauftragte, Hofrat Schmidt, sei wegen Falschmünzerei vorbestraft gewesen.

Einen Tag nach Voltaires Ankunft erschien Freytag im Gasthaus Zum Goldenen Löwen. Schmidt, der hätte dabeisein sollen, befand sich gerade nicht in der Stadt. Statt seiner brachte Freytag den Ratsherrn Rücker mit. Sie ließen sich von einem preußischen Werbeoffizier begleiten.

Voltaire, äußerst mißgestimmt, bald aber gefaßt, übergab Freytag aus seinen Koffern die königlichen Briefe, das Ordenskreuz und den Kammerherrn-Schlüssel. Aber die *Œuvres de poésie* waren nicht dabei.

Voltaire wußte, daß das Buch sich in einer Kiste befand, die er in Leipzig zurückgelassen hatte.

Nach langem Hin und Her drohte Freytag ihm mit der Arretierung.

Schließlich erklärte Voltaire sich bereit, die Kiste nach Frankfurt nachkommen zu lassen, und er gab Freytag sein Ehrenwort, bis dahin unter Hausarrest im Gasthaus Zum Goldenen Löwen zu bleiben.

Freytag versicherte Voltaire schriftlich, daß er nach der Übergabe der *Œuvres de poésie* abreisen dürfe.

Den Wirt des Gasthauses verpflichtete Freytag eidlich, Voltaire im Auge zu behalten. Zudem stand der Bruder des Gastwirts als Leutnant in preußischen Diensten.

Einen Fluchtversuch Voltaires schien Freytag nicht zu befürchten. Noch am 1. Juni schrieb Freytag nach Potsdam:

> «Ich kann nicht wissen, wieviel Koffres er noch habe, und da ich gar nicht weiß, was ich suchen solle, …, so wäre wohl am füglichsten, wenn ein königlicher Sekretär hierher käme, der eine genaue Untersuchung anstellen könne; zumal ich Ew. königlichen Majestät allerhöchst eigene Hand gar nicht kenne.»

Ein längerer Aufenthalt Voltaires in Frankfurt war unvermeidlich geworden. Freytag berichtete am 5. Juni:

> «Er fängt schon an, sich gute Freunde zu machen, die ihme vielleicht Hoffnung machen, bei dem Magistrat Assistenz zu erhalten. Er ware, da ich bei Ihme ware ziemlich insolent; er verlangte in ein ander Quartier zu ziehen; er wollte dem Herzog von Meiningen aufwarten; ich mußte es ihme, doch mit aller Politesse, abschlagen.»

Zu den guten Bekannten Voltaires zählte bald der Frankfurter Buchhändler Franz Varrentrapp, Herausgeber der Zeitungen *Frankfurthische Berichte von denen Staats-, Kriegs- und Friedensangelegenheiten* und *Avant-Coureur*; Voltaire nutzte die journalistischen Verbindungen Varrentrapps zur Veröffentlichung von Korrespondenzen.

Voltaire hatte gehofft, die Behörden der Freien Reichsstadt Frankfurt würden ihm beistehen. Aber dem Rat lag nichts daran, die Gunst des preußischen Königs aufs Spiel zu setzen.

Das Verhältnis Voltaires zu Freytag war schlecht genug, nachdem dieser ihm ein besseres Quartier verweigert und einen Besuch beim Herzog von Meiningen verwehrt hatte.

Der zweite preußische Beauftragte, Schmidt, der von einer Reise nach Emden zurückgekehrt war, suchte Voltaire auf.

Voltaire sagte:

«Wer hat denn Sie empfohlen!»

Schmidt, verlegen, trat auf der Stelle den Rückzug an.

Zwei Handlanger des preußischen Königs, die ihn, den Bürger Frankreichs, in einer Freien Reichsstadt widerrechtlich festhielten und ihm mit der Festnahme drohten – Voltaires Erbitterung nahm von Tag zu Tag zu.

Trost fand er nur in seiner Bearbeitung der *Annales de l'empire*, die er in Gotha begonnen hatte und trotz seiner mißlichen Lage in Frankfurt fortsetzte.

10.

Am 9. Juni 1753 traf Voltaires Nichte, Louise Denis, in Frankfurt ein.

Endlich, am Sonntag, 17. Juni, abends, kam die Leipziger Kiste in Frankfurt an.

Der Sekretär Voltaires, Cosimo Alessandro Collini, ging am Montagmorgen zu Freytag, um bei der Öffnung der Kiste zugegen zu sein und Freytag davon zu unterrichten, daß Voltaire nach der Übergabe des Gedichtbandes sofort abreisen werde.

Freytag hatte am 5. Juni in Potsdam angefragt, ob auch die Gepäckstücke, die Voltaire nach Paris vorausgeschickt hatte, zurückbeordert und in Frankfurt durchsucht werden müßten. Aber bis zu diesem Montag, 18. Juni, war noch keine Antwort eingetroffen.

Statt dessen erreichte Freytag am selben Tag ein Brief Fredersdorfs vom 11. Juni.

Fredersdorf befahl ihm,

«… sich an alles das, was die Ungeduld des Hrn. Voltaire Ihnen sagen kann, nichts zu kehren, sondern den erhaltenen höchsten Ordres gemäß so zu kontinuiren, wie Sie angefangen haben.»

Eine aktuelle Antwort aus Potsdam konnte Freytag frühestens am nächsten Berliner Posttag, dem 21. Juni, Donnerstag, erwarten. Er erlaubte es nicht, die Kiste vorher zu öffnen.

Am Dienstag, 19. Juni, ging Voltaire zu Freytag. Er meinte zu Recht, der Hausarrest gelte nicht mehr, nachdem die Kiste aus Leipzig angekommen war.

Freytag wollte es anders. Er verbot Voltaire, das Gasthaus Zum Goldenen Löwen zu verlassen, und drohte ihm die sofortige Festnahme an.

Voltaire berief sich auf Freytags schriftliche Zusicherung, er könne nach dem Eingang des Gedichtbandes abreisen.

Aber Freytag preßte Voltaire die Erklärung ab, seine Zusicherung sei lediglich «pro forma» erfolgt, damit Louise Denis sich beruhige.

Außerdem mußte Voltaire sich verpflichten, bis Donnerstag, 21. Juni, unter Hausarrest im Gasthaus Zum Goldenen Löwen zu bleiben.

Voltaire zweifelte nicht daran, daß Freytag persönliche Interessen verfolgte. Er beriet sich mit Collini, wie sie aus Frankfurt fliehen könnten.

Noch am Dienstag, 19. Juni, ging Voltaire, trotz des Hausarrestes, zum Frankfurter Quartier des Herzogs von Meiningen, um dort eine Schatulle zu deponieren.

Am nächsten Tag mietete Voltaire eine Kutsche und brach mit Collini auf. Louise Denis blieb im Gasthaus Zum Goldenen Löwen zurück.

Voltaires Kutsche wurde auf dem Weg zur Stadtgrenze durch eine Kolonne von Heuwagen behindert.

Am Bockenheimer Tor hielt die Kutsche an. Der Stallknecht des Gasthauses, ein Spitzel Freytags, der der Kutsche gefolgt war, hielt die Pferde fest, bis Freytag nach einer Stunde hinzukam.

Freytag hatte seinen Sekretär vorausgeschickt. Der sollte, falls Voltaire die Stadtgrenze doch schon überschritten hätte und nicht freiwillig zurückkäme, Voltaire eine Kugel in den Kopf schießen.

Als Freytag am Bockenheimer Tor eintraf, brach es vor Collini, vor dem Droschkenkutscher, dem Stallknecht und Freytags Sekretär aus Voltaire heraus:

«Sie und Ihr Spießgeselle Schmidt, Wegelagerer und Strauchdiebe in preußischen Diensten ...»

Voltaire und Collini wurden in Schmidts Haus gebracht. Es gelang Voltaire noch, Collini ein Manuskript der *Pucelle* zuzustecken. Collini verbarg das Manuskript unter seiner Kleidung.

Freytag und Schmidt nahmen Voltaire und Collini sämtliche Reisegelder und Wertsachen ab, auch Voltaires Tabaksdose und Taschenuhr. Sie nahmen die Handtaschen der beiden an sich und eine Schmuckkassette. Dies alles, ohne von den städtischen Behörden dazu ermächtigt worden zu sein. Quittungen bekamen Voltaire und Collini nicht.

Freytag äußerte die Absicht, Voltaire in der Residenzwohnung in Privatarrest zu nehmen.

Das lehnte Voltaire vehement ab.

Für die förmliche Verhaftung Voltaires benötigte Freytag die Behörden der Stadt. Der Ältere Bürgermeister, Johann Carl von Fichard, stellte den Verhaftungsbefehl aus. Schmidt brachte Fichard dazu, auch Louise Denis und Collini verhaften zu lassen.

Fichard ordnete Freytag und Schmidt einen reichsstädtischen Offizier, Leutnant Textor, bei, der Voltaire und Collini die Degen abnahm.

Man brachte Voltaire und Collini in eine verrufene Schenke, das Gasthaus Zum Bockshorn, gegenüber dem Gasthaus Zum Goldenen Löwen. Der Löwenwirt hatte sich geweigert, Voltaire wieder aufzunehmen.

Im Gasthaus Zum Bockshorn wurden drei Zimmer belegt; vor jedem Zimmer hielten vier städtische Soldaten Wache.

Freytags Sekretär, ein gewisser Dorn, ging am Abend, gegen 22 Uhr, in das Gasthaus Zum Goldenen Löwen und sagte zu Louise Denis, er wolle sie in Voltaires Auftrag abholen. Von drei Grenadieren begleitet brachte er sie über die Straße ins Gasthaus Zum Bockshorn, wo sie vor ihrem Zimmer die Wache vorfand.

Louise Denis verfiel in hysterische Krämpfe. Aber Dorn schickte ihr nicht etwa ihre Kammerfrau, sondern setzte sich selbst in ihr Zimmer. Er ließ sich ein Abendessen und mehrere Flaschen Wein bringen. Gegen seine Zudringlichkeiten konnte Louise Denis sich nur durch laute Hilferufe wehren.

Freytag log später, Voltaires Nichte habe Dorn gebeten, über Nacht in ihrem Zimmer zu bleiben.

II.

Am Berliner Posttag, Donnerstag, 21. Juni 1753, erhielt Freytag Antwort aus Potsdam auf seine Anfrage vom 5. Juni:

> «... Um jedoch ihn (Voltaire) nicht länger von seiner vorhabenden Reise nach Plombières abzuhalten, so gestatten Seine Majestät gnädigst, daß er dieselbe fortsetze, wenn er zuvor einen förmlichen Revers an Ihnen dahin eingeliefert haben wird, daß er das Seiner Königlichen Majestät zuständige Buch, in einer zu bestimmenden kurzen Zeit, fidèlement, in originali, und ohne davon Kopie zu nehmen oder nehmen zu lassen, einschicken wolle ...
>
> Ew. Hochwohlgeboren belieben demnach, ihm diesen Revers vorzulegen, und wenn er solchen vollzogen und unterschrieben haben wird,

ihn in Frieden und mit Höflichkeit zu dimittieren, auch von dem Erfolg mir mit erster Post Nachricht zu geben.

Potsdam, den 16. Juni 1753.»

Schon am Donnerstagvormittag hatte Voltaire den Kriegsrat Freytag schriftlich gebeten, ihn und Louise Denis in das Gasthaus Zum Goldenen Löwen zurückkehren zu lassen. Er könne dort im Garten spazierengehen und frische Luft atmen; dort bekäme er auch das Schwalbacher Mineralwasser, das ihm von dem Arzt Le Cerf verordnet worden sei.

Am Nachmittag begab Freytag sich in das Gasthaus Zum Bockshorn. Die Leipziger Kiste war unterdessen dorthin gebracht worden. Auch ein Koffer, worin sich die Wertsachen und Reisegelder befinden sollten, die Freytag und Schmidt am Tag zuvor widerrechtlich an sich genommen hatten.

Die Leipziger Kiste wurde geöffnet, Friedrichs Gedichtband in Voltaires Gegenwart versiegelt. Erst vier Tage später schickte Freytag den Gedichtband nach Potsdam.

Der Koffer wurde Voltaire übergeben, aber die Reisegelder Voltaires und Collinis fehlten. Es hieß, sie sollten in Schmidts Hand bleiben – als Pfand, denn Voltaire schulde noch die Kosten für die Haft. Freytag bezifferte sie am 22. Juni auf 190 Gulden und 11 Kreuzer. Diese Summe habe der Frankfurter Rat für die Bewachung durch reichsstädtische Soldaten ausgegeben.

Freytags Gespräch mit Voltaire am Donnerstagnachmittag, 21. Juni, dauerte vier Stunden. Freytag und Schmidt, die sich im klaren darüber waren, daß sie sich rechtswidrig verhalten hatten, zwangen Voltaire zu einer schriftlichen Erklärung:

> «Niemandem zu sagen oder zu schreiben, was man dahier mit ihm vorgenommen.»

Freytag hatte den Rat von Frankfurt am Donnerstagvormittag wissen lassen, daß er Louise Denis und Collini freilassen werde. Am Nachmittag kam der städtische Leutnant Textor in das Gasthaus Zum Bockshorn mit dem Auftrag, Louise Denis und Collini ihre Freilassung mitzuteilen und die Wache bis auf zwei Mann abzuziehen.

Aber Freytag hatte es sich unterdessen anders überlegt. Er hinderte Textor daran, mit Louise Denis und Collini zu sprechen. Er verbot ihnen, das Haus zu verlassen.

Textor zog ab; er konnte immerhin den größten Teil der Wachmannschaft nach Hause schicken.

Freytag und Schmidt hatten dem Frankfurter Rat, namentlich dem Älteren Bürgermeister Fichard, versichert, die förmliche Verhaftung Voltaires werde durch ein königlich-preußisches Requisitionsschreiben gedeckt. Sie hatten sogar mit ihrem persönlichen Vermögen dafür gebürgt, daß ein solches Rechtshilfe-Ersuchen eintreffen werde. Sie erbaten von Friedrichs Geheimem Kämmerer Fredersdorf eine

> «allergnädigste Approbation ihres in dieser Sache bis dahin gethanen Betragens».

Sogar schlugen sie Fredersdorf vor, ihnen eine «carta bianca mit königlicher Unterschrift» zukommen zu lassen, die sie selbst ausfüllen könnten. Sie fürchteten, durch die Freilassung Voltaires in Konflikt mit dem Frankfurter Rat zu geraten.

Der reichsstädtische Aktuar Diefenbach ermahnte Freytag am 28. Juni, dem Rat endlich das Requisitionsschreiben des preußischen Königs vorzulegen.

Freytag und Schmidt vertrösteten den Aktuar.

Am 4. Juli legte Diefenbach den beiden preußischen Beamten nahe, Voltaire freizulassen. Aber Freytag und Schmidt zögerten.

Doch am 5. Juli zeigten sie sich zugänglich. Sie gestanden Diefenbach zu, die Wachmannschaft vollständig abzuziehen und Voltaire den Umzug in den Goldenen Löwen zu gestatten.

In einem Kabinettschreiben vom 26. Juni hatte Friedrich nämlich angeordnet, Voltaire und Louise Denis freizulassen.

12.

Voltaire zog am 6. Juli 1753 wieder im Gasthaus Zum Goldenen Löwen ein. Er besuchte den Älteren Bürgermeister und nahm seinen Degen entgegen – zum Zeichen seiner vollen Freiheit.

Er bereitete seine Abreise vor.

Allerdings wollte er noch seine Reisegelder zurückhaben. Freytag ließ dem Bürgermeister sagen, Voltaire könne die Gelder abzüglich der Haftkosten bei Schmidt abholen.

Voltaire schickte am 7. Juli den Notar Myck mit einer Vollmacht zu Schmidt. Der aber meinte, da die Sache auch Freytag betreffe, müsse er dessen Sekretär dazu adhibieren.

Also begab sich Freytags Sekretär Dorn, dem das Geld ausgehändigt worden war, zusammen mit dem Notar Myck zu Voltaire.

Kaum hatte Voltaire das Ganovengesicht Dorns erblickt, da griff er zu seiner Reisepistole, die Collini gerade geladen hatte, und zielte auf Dorn. Collini fiel Voltaire in den Arm, und Dorn floh.

Voltaire und Collini verließen noch am selben Tag Frankfurt und erreichten wohlbehalten Mainz.

Louise Denis ging auf die Reise nach Paris.

Aus Mainz schrieb Voltaire am 9. Juli einen Brief an Friedrich, der für lange Zeit der letzte bleiben sollte.

Im eigenen Namen und im Namen von Louise Denis und Cosimo Collini beklagte Voltaire die entwürdigende Behandlung durch die preußischen Räte Freytag und Schmidt in Frankfurt.

> «In dieser schmählichen Lage erachten sie es als notwendig, Seine Majestät den König von Preußen wissen zu lassen, wer unschuldige Personen in seinem Namen mißhandelt und das Recht der Menschen mißachtet hat.»

Voltaire sah Friedrich nie wieder.

Den Frankfurter Zwangsaufenthalt nannte er später eine «Ostgoten- und Vandalengeschichte».

13.

Für Voltaire war die «Vandalengeschichte« mit seiner Abreise nach Mainz noch nicht zu Ende. Er wollte seine Reisegelder.

Freytag hatte einen Brief Fredersdorfs vom 14. Juli 1753 erhalten, der zur Freude Freytags keinen Zweifel daran ließ, daß Friedrich «dem Voltaire durchaus kein Gehör mehr geben wolle»:

> «Von dem Voltaire», schrieb Fredersdorf, «der ein Mensch ohne Ehre ist, wollen Seine Königliche Majestät nichts mehr wissen, und mag er nach nunmehr abgelieferten Sachen gehen, wohin er will. Wäre er noch dorten, so lassen Sie ihn schreien, soviel er will, und geben ihm so wenig als dem Magistrat über Ihr Verfahren Rede und Antwort … Sie haben als treuer Diener des Königs nach Höchstdero Ordre gehandelt, und die Lügen und Kalumnien des Voltaire finden hier und in aller Welt keinen Ingreß.»

Voltaire lag so sehr daran, seine Gelder wiederzuerlangen, daß er sogar noch einmal nach Frankfurt zurückkehrte. Er nahm Quartier im Gasthof Zum Goldenen Apfel und beriet sich mit Notar Boehm, mit dem Buchhändler Varrentrapp und mit dem Frankfurter Senator Johann Erasmus Senckenberg, dem jüngeren Bruder des Arztes Johann Christian Senckenberg.

Voltaire ließ sich auch seine große Schatulle bringen, die er am 19. Juni im Quartier des Herzogs von Meiningen verwahrt hatte. Seine Reisegelder sah er nie wieder.

Am 26. Juli reiste er nach Mainz zurück und folgte drei Wochen später einer Einladung des Kurfürsten Karl Theodor von der Pfalz nach Mannheim und Schwetzingen, der Sommerresidenz des pfälzischen Kurfürsten.

Im Herbst wohnte Voltaire in Straßburger und Colmarer Gasthäusern.

Louise Denis sollte sich in Paris für ihn um die Erlaubnis bemühen, in die Stadt zurückzukehren.

Aber Ludwig XV. winkte ab. Er wollte den preußischen König nicht verstimmen.

Sogar Stanislaus Leszczyński in Lunéville, den Voltaire doch gut kannte, wollte ihn nicht in Lothringen haben, aus Angst vor Friedrich.

14.

Im Sommer 1754 suchte Voltaire in Plombières Linderung seines Gichtleidens.

Louise Denis kam zu ihm nach Plombières.

Voltaire war heimatlos.

Er mietete das Château de Prangins am Genfer See und zog mit Louise Denis Mitte November ein. Aber er meinte, das Château sei für ihn zu groß.

So kaufte er im Februar 1755 außerhalb der Genfer Stadtmauern eine Villa, die «Sur Saint-Jean» hieß. Die Villa stand in einem großen Garten und gewährte einen Ausblick auf den Genfer See und auf die Alpen.

Voltaire:

> «Es ist der Palast eines Philosophen, umgeben von den Gärten des Epikur: Es ist ein köstliches Refugium.»

Er nannte das Haus *Les Délices* – Die Wonnen.

Quellen

Die Novelle enthält Zitate aus folgenden Werken:

Voltaire – Friedrich der Große. Briefwechsel. Hrsg. und übersetzt von Hans Pleschinski. Carl Hanser Verlag, München 2004 – auf den Seiten 33–39, 42–45, 47, 56–59, 62, 76 f., 84 f., 88, 138.

Walter Mönch: Voltaire und Friedrich der Große. W. Kohlhammer Verlag, Stuttgart / Berlin 1943 – auf den Seiten 49, 66 f., 83, 86, 96–99, 113–118.

Jean Orieux: Das Leben des Voltaire. Aus dem Französischen von Julia Kirchner. Insel Verlag, Frankfurt am Main 1968 – auf den Seiten 18, 68, 84, 87, 95, 97, 114, 116–119.

Voltaire: Über den König von Preußen. Memoiren. Hrsg. und übersetzt von Anneliese Botond. Insel Verlag, Frankfurt am Main 1967 – auf den Seiten 89, 97, 110, 112, 117 f., 120, 138.

Samuel Edwards: Die göttliche Geliebte Voltaires.

Das Leben der Émilie du Châtelet. Aus dem Amerikanischen von Anne Uhde. Engelhorn Verlag, Stuttgart 1989 – auf den Seiten 53, 55, 70, 73.

Voltaire: Briefe aus England. Hrsg., übersetzt und mit einem Nachwort von Rudolf von Bitter. Diogenes Verlag, Zürich 1994 – auf den Seiten 15f.

Rudolf K. Goldschmit-Jentner: Die Begegnung mit dem Genius. Fischer Verlag, Frankfurt am Main 1954 – auf den Seiten 48, 65.

Theodore Besterman: Voltaire. Aus dem Englischen von Siegfried Schmitz. Winkler Verlag, München 1971 – auf den Seiten 54, 89, 141.

Georg Holmsten: Friedrich II. Mit Selbstzeugnissen und Bilddokumenten. Rowohlt Taschenbuch Verlag, Reinbek bei Hamburg 1969 – auf der Seite 28.

Als Quellen haben ferner u. a. gedient Arbeiten von Elisabeth Badinter, David Bodanis, Theo Buck, Thomas Carlyle, Martin Fontius, George P. Gooch, Herman Haupt, Ernst Hinrichs, Johannes Kunisch, Wilhelm Mangold, Johannes Richter, Ute van Runset, Theodor Schieder, Edith Simon, Jürgen von Stackelberg und David Friedrich Strauss.

FSC
www.fsc.org
MIX
Papier aus verantwortungsvollen Quellen
FSC® C083411

Das für dieses Buch verwendete FSC®-zertifizierte Papier *Schleipen Werkdruck* liefert Cordier, Deutschland.